名 / 家 / 散 / 文　　学 / 生 / 读 / 本

意林

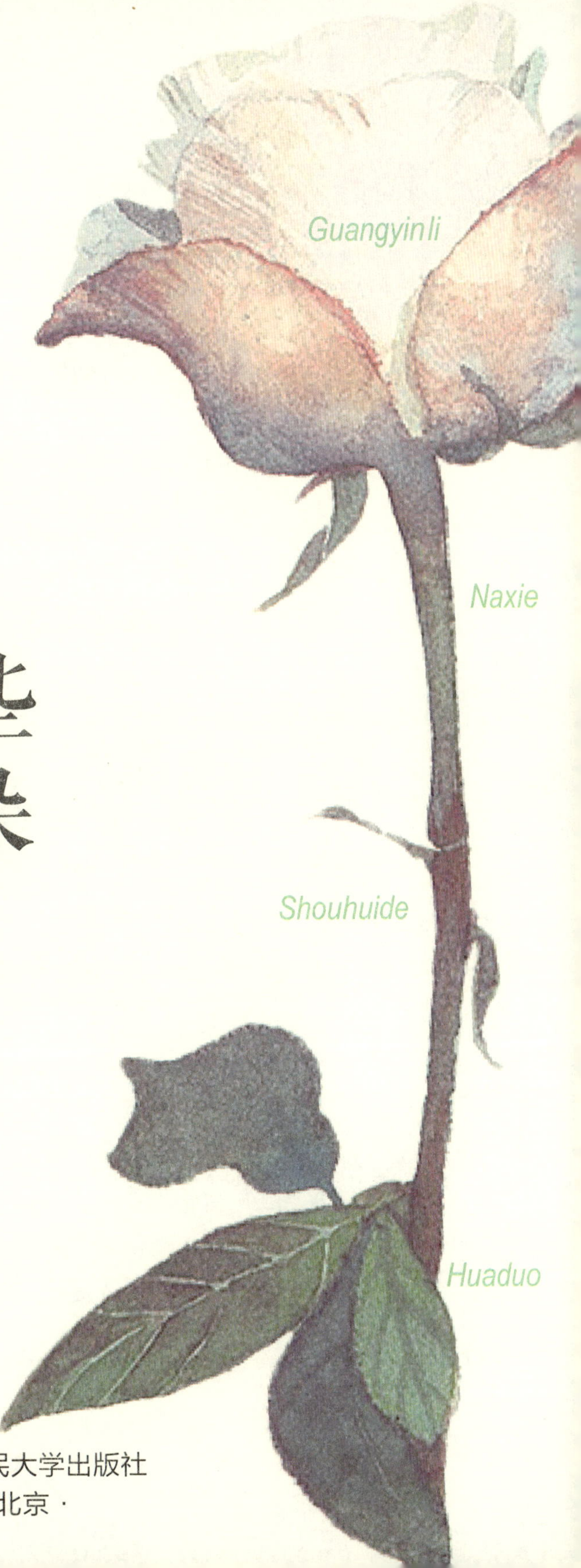

光阴里那些手绘的花朵

安宁　著

中国人民大学出版社
·北京·

图书在版编目（CIP）数据

光阴里那些手绘的花朵 / 安宁著. – 北京：中国人民大学出版社，2019.8
ISBN 978-7-300-27129-3

Ⅰ. ①光… Ⅱ. ①安… Ⅲ. ①随笔 – 作品集 – 中国 – 当代 Ⅳ. ①I267.1

中国版本图书馆CIP数据核字(2019)第144858号

光阴里那些手绘的花朵
安　宁　著
Guangyinli Naxie Shouhui de Huaduo

出版发行	中国人民大学出版社		
社　　址	北京中关村大街31号	**邮政编码**	100080
电　　话	010–62511242（总编室）		010–62511770（质管部）
	010–82501766（邮购部）		010–62514148（门市部）
	010–62515195（发行公司）		010–62515275（盗版举报）
网　　址	http://www.crup.com.cn		
	http://www.ttrnet.com（人大教研网）		
经　　销	新华书店		
印　　刷	天津中印联印务有限公司		
规　　格	166mm × 235mm 16开本	**版　　次**	2019年8月第1版
印　　张	13.5　插页5	**印　　次**	2019年8月第1次印刷
字　　数	190 000	**定　　价**	39.00元

水流·云在

沧海一粟 004
三米外的俗世生活 007
无法治愈的孤独 010
怯懦 012
见喜 014
在指望中要喜乐 017
原木之爱 019
水流云在 023
十字路口处的一匹马 026
喝茶的旧日好时光 029
只是一碗馄饨的温度 032
穿越声音窥到你 035
天真主义 038

痴缠·梦想

光阴里那些手绘的花朵 042
有一种友情只留给记忆 045
有没有阳光温暖过卑微的你 048
让我们彼此依然不屑一顾 051
与你偶遇在孤单的旅程 055
蝉蜕 059
逃之夭夭 062
多年之后时光会给我们宽容 065
窥见你粗粝成长的弧度 068
当年校草已黯然 071
痴缠 074
站在我光环下的你 077
华丽流转梦依然 080
出逃 083

乡村·记忆

留在村庄里的人们 088
秋天里的决明子 091
乡下的狗 094
杀猪过年 097
乡间麻雀 099
春天的麦子 102
雨后蚯蚓 105
一只蚂蚁爬过春天 108
月下看瓜 111
剥玉米 114
蛙鸣 117
夏日的葵花 120

时间·温情

无法不对你残酷 124
找寻母亲的温度 129
谁是谁身上难堪的印痕 132
双程爱 136
时间会告诉你 138
校服里的父辈 140
互不相干的两段青春 143
父亲在城市里串门 147
穿越思念的时空 150
那个掉光了牙齿的老头 153
当父辈的爱情来到城市 156
尘世里最美的相守 159

月光·翅膀

轻放 164
寻找唐放 167
疾行之病 170
爱之养与痒 173
谁弄醒了做梦的小孩 175
那个与你共穿一套西装的朋友 178
人心的距离 181
你那急需公证的安全感 184
给别人看的简历 187
你有没有最珍贵的 190
岁月里你沉淀下什么味道 193
谁采走了我的决明子 196
倾听是心灵的慈悲 200
你的善良是一把尖锐的刀 203
尘世中你是谁眼中的风景 206
一抹忧伤抵达的月光 209
风穿过风 212
疼痛烙印 214

这一条不长不短的街道，隐在市区的繁华之中，像一个智慧的长者，不言不语，却深悟一切的离合悲欢。水流云在，俗世中上演的种种喧嚣与吵嚷，在它深沉的注视中，不过是一粒小小的尘埃，手指抚过，了无印痕。

水流·云在

沧海一粟

在冬日茫茫无边的呼伦贝尔雪原上，看到的动物，总是比人要多。

有时候是一群低头吃草的马，努力从厚厚的积雪中，寻找着干枯的草茎。它们的身影，从远远的公路上看过去，犹如天地间小小的蚂蚁，黑色的，沉默无声的，又带着一种知天命般的不迫与从容。有时候是一群奶牛，跟着它们时刻蹭过来想要吮吸奶汁的孩子，慢慢地踏雪而行，偶尔会扭头，看一眼路上驶过的陌生的车辆。但大多数时间里，它们都是自我的。不知晓它们在想些什么，却懂得：它们的思绪，永远都只在这一片草原；再远一些的生活，与它们无关宏旨。

在一小片一小片散落定居的牧民阔大的庭院里，还会看到一些大狗。它们有壮硕的身体、尖利的牙齿，眼神机警而且忠贞，会在你还未走近的时候，就用穿透整个雪原的浑厚苍凉的声音，告诉屋内喝酒的主人，迎接远方来的客人。有时候，它们会跑出庭院，伫立在可以看到人来的大路上，就像一个忧伤的诗人，站在可以看得见风景的窗口，从那儿望去是心灵以外的世界，除了自己，无人可以懂得。在这片冬日人烟稀少、没有游客的雪原上，是这

些毛发茂盛的大狗，用倔强孤傲的身影，点缀着银白冰冻的世界。不管它们是发出狼一样苍茫的嚎叫，还是固执地一言不发，它们的存在本身，便是这片寂静雪原上一个野性、古老的符号。

也会看到娇小的狐狸出没，它们优雅地穿越被大雪覆盖的铁轨，犹如蒲松龄笔下的狐女，灵巧地越过断壁残垣，去寻那深夜苦读的书生。它们是银白的雪原上火红跃动的一颗颗心脏，在奔走间抒写着生命的乐章，如地上踏下的爪痕，看得到清晰的纹路。假若无人惊扰，这片雪原，便是它们静谧的家园，不管世界如何沧桑变幻，它们依然是世间最唯美、最痴情的红狐。

从远离小镇的嘎查里来的牧民，在汽车无法行驶的雪天里，会骑了骆驼来苏木置办年货。那些骆驼承载着重负，在雪地里慢慢前行的时候，总感觉时日长久，遥遥无期。钟表上的时刻，不过是机械的一个数字，单调而且乏味，只有声声悠远的驼铃声和骆驼脚下“吱嘎吱嘎”的踏雪声，以及牧人的歌唱，一点点撞击着这皓月长空。

麻雀在零下 30 多摄氏度的天气里，依然飞出巢穴，在牧民寂静的庭院里找寻吃食。冬日的雪地上，连硕大的牛粪都被掩盖起来，更不必说从未生长过的麦子和玉米；麻雀们却可以寻到夏日里牧民打草归来时落下的草籽，或者晾晒奶干奶皮时抖落的碎屑，也有奶牛和绵羊们吃剩的残羹冷炙。它们不挑不拣，雀跃于其间，自得其乐。很少会见到有牧民来轰赶它们，所以它们亦不惧人，在雪地上踩下一朵朵小花，并和炕上的男人们一样，在酒足饭饱之后，才陆续地飞离庭院，回归高高的鸟巢。

但最能在冬日的雪原上顶天立地的动物，还是与牧民的生活亲密无间的奶牛们。它们在白日里走出居所，在附近洒满阳光的河岸上，顺着牧民砸开的厚厚的冰洞，探下头去，饮着河中的冰水。有时候，它们会在小镇的公路上游走，犹如乡间想要离家出走却又徘徊不定的孩子。小路上总是堆满了牛粪，在严寒里上了冻，就像坚硬的石头。常有苍老的妇人，挎着篮子，弯腰捡拾着这些不属于任何人家的牛粪，拿回家去，烧炕取暖。而奶牛们并不理睬这些被牧民们捡回去堆成小山的粪便，摇着尾巴，照例穿梭游走在雪原和小镇之间；要等到晚间乳房又满含乳汁而饱胀的时候，它们才慢慢踱回庭院里去，等待女人们亮起灯来，帮它们减掉身体的负担。

一个人行走在苍茫的雪原上的时候，看到这样静默而又自由奔放的生命，心内的孤单常常会瞬间消泯，似乎灵魂有天地包容纳括着，便可以与这些生命一样独立而且放任、饱满而又丰盈，哪怕狂风暴雪，都不必再怕。

所有的生命，在天地间，不过是沧海一粟，人比之于这些雪原上在风寒中傲立的生命，并不会高贵，或者优越丝毫。

三米外的俗世生活

我的书桌，正对着一扇窗户。隔着三米葱茏的绿意，则是一栋高高的楼房。我从来都数不清这栋楼究竟有多少层，就像，我从来都窥不到，每一扇窗户里，究竟藏有多少无法言说的秘密。我所能做的，就是坐在这里，安静地等待，等待每一则故事，漫溢出芜杂纷繁的枝叶，而且恰好神秘地抚过我的窗台。

楼房的每一扇窗户，几乎都被以防盗的名义，额外加铸了结实的钢筋，这样便能向无人可以阻拦的半空，伸出半米的私人空间。在城市文明的视线中，无法触及的角落，人人都学会将隐藏的“小我”，自由地舒展出来，并把所做的一切，视之为合理。

我可以看到，二楼在绿树掩映下多出的窗台上，有一只肥肥的白猫，趴在一盆蟹爪兰旁，眯眼延续着夜间没有圆满的某个春梦。虎皮兰在半空里，向上伸展着肥硕性感的叶子。一只鸽子偶尔路过，停在生锈的栅栏上，“咕咕”叫着，不厌其烦地扰着白猫的美梦。北方的阳光，伴着响亮焦渴的声音，落在窗前那株因无人看管，而索性只开花、不结果的桃树上。

窗内的男人，大约有 40 岁，早早地就秃了顶，常常粗鲁地拉开窗户，将一口黏稠的痰，“啪”地吐在香椿洁净的枝叶上。而这株倒霉的香椿，除了在风中无奈地摇晃一下，试图摆脱那口在阳光里迅速发酵的痰，或者等着某只麻雀误食了它外，再无他法。

这个谢顶的男人有一个 15 岁的女儿，轻微的智障，常常在夜晚哭喊着，要她的父亲去买新烤的羊肉串，或者冰激凌。有时候，她也会跑到阳台上来，朝我这边眺望，并对于我在电脑上“啪啪”地打字，有艳羡般的好奇。我偶尔抬头看她，并用同样好奇的视线与她对视。她常常会受到惊吓般地转身离开，“砰”地关上门，然后在我看不到的窗帘后，继续她的窥视。

她歇斯底里哭闹的时候，客厅里只有一个苍老的女人哄劝的声音，显然那是她的奶奶或者外婆。厨房里，她的母亲在不耐烦地刷着油锅，急急地做着晚饭。电视里，新闻已经接近尾声。她的父亲，终于在她的吵闹里，起身，沉默地走到阳台上来，吸着饭前的最后一支烟。

男人吸烟的时候，视线无助地落在一株矮小瘦弱的夹竹桃上。那一刻的他，常常让我忍不住同情。我从他晾晒的制服上，猜出他是附近的交警：在外面，有着无限的威风，遇到违章的车，不管其内的人如何风光无限，都可以毫不留情地开张罚单，并在他们的苦苦哀求里，维系着始终如一的威严。可是，当他回到家中，面对俗世生活甩给他的残破的一切，他却只有弃掉伪装的尊严，默默地接过。

三层的主人，是对刚刚结婚不久的年轻夫妻。窗户上的囍字，还残留着几分鲜艳的红色。阳台上一字排开的，是鲜亮而充满生机的花。有明亮的太阳花、傲然的仙人掌、喜悦的茉莉、优雅的君子兰。而一株茂盛的吊兰，则像瀑布一样，流到二楼的窗台上去。

他们有时候会生出争吵，都是鸡毛蒜皮的小事。漂亮的女主人会负气地跑到阳台上来，哭泣，或者静静地点一支烟，并不抽，只任它燃着，让那薄而轻的烟雾，丝丝缕缕地，随了烦恼，飘散开去。常常不等一支烟燃尽，男主人便会在她的后面，将她抱住。她任性又温柔地挣扎几下，便回转过身，边捶打着他，边在他的怀里“咯咯”笑着，进到卧室里去。

我喜欢这对年轻的夫妻，他们初婚的柔情蜜意，消抵了我对于二楼残缺生活的一抹黯淡印象。想那人生，有苦有甜，经过层层过滤，终究，是可以调和成一杯能安全饮用的水。不管这其中行走的人，是自私小心、谨言慎行，还是勇敢无惧、豁达大度，都能够透过小小的窗户，窥到外面世界葱茏的绿意。

我站在窗前，窥视着这一切的时候，这栋楼里，一直有因为装修而持续不断的尖厉的噪音。楼群间的空地上，那些于稀薄的泥土里自由生长的树木，它们在这喧嚣嘈杂的黄昏，依然带着生命不可缺少的灵性与诗意。那一缕余晖，落在一株不结果实的桃树上，显出一种终生未婚女子的圣洁与高贵。

噪音突然停下的时候，寂静像一脉清泉，缓缓漫过我的窗户，流溢到每一个黄昏中安静的角落。鸽子飞翔时的哨声、某个场馆里孩子练习跆拳道的喊叫声、墙角小虫的鸣叫、鸟儿私密欢快的啁啾、马路上呼啸而过的汽笛、窗帘在风中海浪一样“扑啦啦”的起伏声，还有雨后水泥地上、清晰的脚印、砖上盎然的一簇青苔、泥土阵阵扑鼻的清香，此刻，都如那水中的波纹，一圈一圈地荡漾过来，一直将我的每一个细胞，都浸润在这湿漉漉的黄昏里。许久，我都不肯踱步离开。

我站在窗前，窥视着三米外这方残缺但又真实的俗世生活，忽然心内充溢了无限的温柔。

无法治愈的孤独

秋天的傍晚，很凉，我在阳台的灯光下坐着看书。突然便传来一声小孩子撕心裂肺般的哭喊，反反复复地，只有一句话——“妈妈不要我了！”

防盗门“砰”地关上。对面的楼道里，便有冰冷的高跟鞋的声音，“咔咔”地朝半空里去。那样的无情，只有在俗世之中，变得粗糙冷硬的一颗心，才会生出。那个绝望的小孩，依然在风中哭喊，可是，没有人回应他的孤单。小区里的人，只当是一个孩子任性、顽劣，觉得这样的冷淡，不过是对他的惩戒，所以便不足为奇，看他一眼，便从他的身旁，凉风一样经过。

我知道，小孩子的哭声终究会在无人理睬中渐渐消散下去，犹如一缕青烟，消散在静寂无声的暮色里。所以，我也无须从窗口探出头去，看他怎样自己擦干了眼泪，在防盗门旁，犹豫良久，终于还是抬起手来，按下自家的门铃。

这是无路可走的孩子，唯一可去的地方，就是那个家。或许家中有父母的呵斥、责骂，或许单亲的母亲会拿他撒气，或许饭桌上只剩下残羹冷炙，可是他无钱可以流浪。除了回归，隐匿内心深处的孤独，他别无他法。

又想起另外一个小孩，跟母亲并肩行走时，不知是因了一句什么话，发生争吵。做母亲的，愤怒之下，便破口大骂了他。他在众目睽睽中，没有争执，也没有放声大哭，而是突然停止了走路，无声无息地蹲下身去。昏黄的路灯下，我看不见他的脸，不知道他是否有眼泪滑落。但我猜测，他是没有泪的。他的心里，想必一片冷寂悲伤，犹如苍茫大雪中，一只寻不到方向的飞鸟，找不到温暖的家园，甚至，连一根可以憩息的枯枝也没有。我走得很远了，还看到那个孩子蹲踞在水泥地上，孤独成一团黑色的影子。就像很多年前，因为被父亲责打，逃出家门，在荒野的草丛中，任露水打湿鞋子的我。

成人常常以为，不会有衣食忧惧的孩子，内心最为单纯快乐，所以孤单、绝望、无助、惶恐这样的词汇，与他们毫不相干；不过是三句哄骗、两粒糖果，便可以将他们收买，使他们重绽欢颜。可是，无人能够懂得，当他们被成人冷落、打骂，甚至赶出家门之时，心里铺天盖地的忧伤，几乎可以将弱小到无力对抗世界的他们，彻底地淹没。

成人可以用金钱、物欲、情爱来填补席卷而来的孤独，可是那些哭泣的小孩，却只能任由孤独裹挟着，如同一艘在大浪之中颠簸向前的小舟。只有心灵始终纯净、不曾沾染尘埃的成人，方能在他们犹如小猫小狗一样无助的眼神里，读出他们内心的惶恐。

行走在人际疏离的城市之中，很少会遇到儿时在乡村里，大人当众责打孩子，被一群乡邻阻拦的热闹。更多的时候，这样的责打改在了隐秘的家中，不相往来的邻居，或者对面高楼上的陌客，只能透过窗户，听一听那个被家人孤立的小孩“嘤嘤”的哭泣，或者绝望的嘶喊。

世界上最深的孤独，藏在一只流浪狗血流不止的伤口上、一头失去孩子的骆驼的凝视之中、一只被猎人捕获的野狼的惊惧里，还有，一个在城市里走失的孩子的惶恐中。

这样的孤独，隐匿在弱小的生命之中，除了时光给予它用来自我护佑的粗粝外壳，无人可以拯救，亦无药可以治愈。

怯懦

那一年，她到北京读书，父亲跟随她一起北上打工。

她从没有去看望过父亲，亦无法找到他工作的地方。她只从父亲口中，模糊地知道他在一个新开发的工地上当民工，风餐露宿。每个月领了钱，父亲便会定期打到她的卡上。

她知道，自己在心底，其实并不希望父亲能来看她。她羡慕那些总能收到父母寄来的包裹或是打来的电话的舍友，看她们故意大呼小叫地在她面前，将漂亮的衣服、好吃的特产一股脑儿展示给她；或者听她们在电话里，温柔地朝父母撒娇，声音如一朵花儿，羞涩无比。她们与父母家人远隔千里，却如同近在咫尺；而她与父亲，明明同在北京，却好像远在天涯。常有舍友在挂掉电话后，漫不经心地问她："你父母什么时候来看你？"她总是模棱两可地回答说："他们忙呢。"

这也是父亲曾给她的理由。他来到北京，只主动给她打过一次电话，听得出是在嘈杂的工地上，应该是借了别人的手机。他只匆匆地说："很忙，记得照顾好自己，我会每月给你寄钱。"她还没有来得及问父亲的情况，便听见那边有人喊："55 秒了，快挂！"之后，电话那端便只剩下"嘟嘟"的声音。她记得，"话吧"的老板怪异地看她一眼，那视线里鲜明的不屑如一把尖锐的刀子，瞬间刺入她的身体。

她一直以为，在北京各个工地间辗转的父亲，与她不会有相见的机会，除非回家。但没有想到，她与他却以一种难堪的方式，看到彼此。

那是学校社团组织的一次电影展，她的舍友临时有事，便让她在门口帮忙发放"意见反馈表"，并照顾嘉宾。就在她完成了所有工作，打算回到座位上安心看电影的时候，门口突然传来一阵争吵。她随着看热闹的人跑去围观，发现穿着制服的门卫正拉着一个明显是农民工的男人朝外走。到台阶处的时候，门卫用力地将男人一推，男人一个趔趄，便重重地跌倒在台阶下的花池旁。周围一群同样衣着的农民工，一哄而上，试图反击。一片混乱的叫嚷声中，她渐渐弄清了事情的原委。原来这群在学校建筑工地干活的农民工，听人说晚上礼堂里有免费的电影，便纷纷涌了过来。被门卫拉着的那个农民工，假说找自己的女儿，试图混进去看。门卫当然识破了他的伎俩，几番争执，便有了她最初看到的一幕。

礼堂里的灯渐次暗了下去。她转身要走，背后突然传来一个熟悉的声音：她就是我要找的女儿，她叫陈叶，学外语的。那一刻，她觉得似乎被一根钉子给钉住了，她想要挪动脚步，却发觉所有的努力都是徒劳，而且，愈是挣扎着想要逃脱，心底的疼痛就来得愈是剧烈。

最终，在人群的拥挤里，她没有回头，迅速地走开。但当所有的灯熄灭，电影在黑暗中开始时，她的泪水终于"哗哗"地流了下来。

从没有想到，父亲离她如此之近，近到不过是几百米，便可以从那片喧嚣的工地走到她的宿舍。可是，父亲却从来没有找过她。直到那天晚上，他喝了点酒，又被保安欺负，在一群农民工的怂恿下，终于在礼堂门口喊出她的名字。她与父亲，原来都是没有勇气的人。只是，她的怯懦，是因为卑微；而父亲的躲闪，则是源自对她最深的爱。

见喜

见喜，是一种多么美好单纯的喜乐。一出门，便抬头撞见了挂在人家墙上的浓郁的喜。那喜，比在枝头上雀跃的鸟儿还要欢欣，比风中摇曳的枝叶还要茂密；是你以为永远失去了的初恋情人，带着那么美好甜蜜的笑容，突然出现在你面前时你的晕眩；是你在夏日的夜晚，迷迷糊糊地掀起门帘，忽然看到天空上悬着的一弯清瘦的月亮，犹如美人的眼睛，温柔注视着你，让你被暑气蒸腾着的一颗心，瞬间有了一丝的凉意。

童年时的记忆里，常常有这个词语：出门见喜。是黑色的毛笔字，龙飞凤舞，或者俊秀温婉，写在大红的底子上，一笔一画都看得到眉飞色舞的喜庆。它们大多贴在门外正对着的矮墙上，或者一株向上伸展的梧桐上，再或一垛高高耸立的柴草上。有时，春节一过，它们就会被淘气的孩子揭下，并与鞭炮碎屑和残雪一样，在一日日消失的年味里，不知所终。但大多数时候，它们会一直悬挂在那里，犹如一道风景，用褪色的底子，昭示着某种微温尚存的气息。这样的气息，一直到红纸发了白，那黑也愈发淡下去了，新的一年来到，又一张新鲜的“出门见喜”覆了上去。

见喜是乡民们在琐碎无边的生活里的一小撮葱花，撒在总是平淡无奇的一年四季，调剂着那碗漂着点点油星的温水。在小孩子眼里，那只是代表着糖块——温暖的水果一样的糖块，或者包在手绢里的压岁钱——能换来爆竹、铅笔、小刀等物件的压岁钱。大人们则联想丰富，想到：白日里某家娶了新娘子，可以蹭一顿免费的午餐；小卖铺里的油盐酱醋降价了，兴冲冲跑去，用节省下的钱换二两好酒；一场比油还贵的春雨淅淅沥沥下了好几天，脱了鞋子也要在田间地头走上一圈，闻一闻麦田里泥土的香味，觉得这一年真是赚了。

“喜”是一团氤氲的气体，还是糖块一样的固体，再或泉水一样的液体呢？它究竟是有形的，还是隐在有形物体之后的神秘气息呢？人抬头见了这喜，如何就像个天真的孩子一样，只是品到母亲乳房上的一点儿甜，便心满意足地“咯咯”傻笑起来了呢？

一直觉得，见喜是乡村里才有的事：敞开着的门，容易让人一脚踏出去，便看见那生机勃勃的一汪绿似的喜，悬挂在树梢上。而在城市里，防盗门层层阻隔起来，我们看到的，不再是俏皮轻盈的喜，而是对门醉醺醺的酒鬼，骂骂咧咧地爬上楼来，或许爬错了楼层，将楼上的某个女孩子当成了自己的妻子，污言秽语地乱吐出来；有时候开了门，也有发传单的、搞推销的、卖保健品和壮阳药的，全都是一副口吐莲花的模样，让你被他苍蝇般结结实实地粘住，连反身关门都不能够。有时，你明明听到楼上的小夫妻在为自己的婚事欢欣雀跃，却连一粒喜糖也吃不到，他们根本在下楼经过你家门口的时候，看也不看一眼，更别说分一点儿喜气给你。

这便是我们生活的戒备森严的城市，那团喜气，不会扩散，也不会浓郁到让大街小巷都沸腾起来。你在安静的房子里，喜气则孤单行走在人群拥挤的商业街上，犹如一个迷路的孩子，找不到那双喜悦纯净的眼睛，可以停留，或者酝酿。

所以，我总是想念乡村，在梦里，或者在城市的车水马龙之中。我在行走中见到悲伤，见到自私，见到伤害，见到肮脏，却唯独见不到闪亮的喜气。世界喧嚣一团，喜悦却隐在暗处，任我四处找寻，也看不到它的踪迹。

许久之后的一个盛夏，我走在北京的一条小巷中，无意中抬头，看到一个温婉的招牌，写着两个安静素朴的字：见喜。那是一家咖啡馆，提供咖啡、发呆、小睡、思念、涂鸦，也接纳忧伤、怀念、淡忘与疼痛。我在靠窗的位置上，看窗外散漫走过的时光，它们沿着窄窄的巷子，小风一样穿堂而过。我听得到蓝天上鸽哨的声音，那种声音让时间变得安静，甚至有凝固的恍惚。我还闻到一丝甜蜜的馨香，淡远，若有若无的，游丝一样，在空气中弥漫。是这样柔软的气息，让我一度焦灼的夏日，在这个无人打扰的角落里，猫一样眯眼睡了片刻。我还做了一个小梦——轻柔的、喜悦的、释然的梦。

梦醒后，我继续上路，回头看到那家“见喜”咖啡馆，它依然无声无息地站在那里，不招徕，也不告别；喜悦在它的门口，是大红底子上白色的花朵，袅娜着，也质朴着。

那样的一刻，我终于明白，“喜”，它原来真正的居所，是我们的心中。不管身在乡间，还是城市，只要可以感觉到心的跳动，那么，即便是黄沙弥漫之中，我们也可以见到那团柔软温暖的喜。

在指望中要喜乐

在指望中要喜乐，说出这句话的哲人，当是对于人生有通达透彻的体悟，知道在漫漫长途中，我们更多的，是活在那似乎没有边际的指望之中，因此要保有喜乐，要用淡定平和之心，去应对那孤独漫长的等待。就像，在爱情没有来临之前，我们缩在青春的壳里，带着一脸寂寞的痘痘，孤单地行路一样。

许多的指望，在最后，皆会落空。但即便是早有预测，依然是心怀着淡淡的喜乐，一年年不知疲倦地度过。年少的时候，常常艳羡那些年轻的女子：哪怕并不貌美，却可以放肆妖娆。看露天的电影，总可以于黑暗中，瞥见她们“噼啪”燃烧的欲望与激情。而那些被我视为美好禁地的柴草垛旁、密林深处、葡萄架下、芦苇丛里，则是她们生命最隐秘、最绚烂的怒放之地。我带着一股无法祛除的忧伤，看她们在外人的指点议论中愈加地浓郁而且饱满；而我，这样长长的期待，究竟何时才能够结束？

我暗恋的那个男孩，从未与我说过一句话，却在我的心里，有最清晰的影子；就像一片云朵，倒映在清澈的溪中，我小心翼翼，轻划舟楫，怕荡漾的微波，会弄碎了他在我心底的模样。爱情的底片上，只有他一个人，但当我在暗夜里，于微黄的灯光下仰望，却是可以看得到自己青涩的容颜，与他的糅合在一起。就像，冬日里两只相互依偎着取暖的小兽。

当然知道，一切都是我一个人的想象。想象与他一次次相遇、散步、相视而笑。就连一片飘零的树叶中，也有一段柔软的故事。这样唯美又感伤的想象，只是一个遥远渺茫的梦，早已预测会醒来不再，依然不肯停息对他的想念与痴缠。

几年后各奔东西，果真是再无联系。那个只在梦中陪我度过了一程时光的男孩，晨雾一样，在阳光破云而出以前，便消散在不知何处的角落。那么长久的指望，在高考结束各奔东西的瞬间，便成为失望。曾经怀有的种种只有我才能知晓的喜乐，记录在日记中，亦落满了悲伤的尘埃。

我一度对耗尽了我整个青春的这一程暗恋，觉得虚度，且了无意义。似乎春光漫漫，原本应该有更明亮的过往与回忆。假若当初不对那份骄傲在上的爱情怀有希冀，像一切早熟安定的孩子，寻那高处而去，那么或许也不会因此而误了学业，成为一个平凡的女子，任那高处仰望的爱情，如一只大鸟，“嗖”一下飞离我的视线，且再也不会归来。

直到某一天，无意中看到了这句话——在指望中要喜乐，方才彻悟：每一程光阴，不管它最终暗淡无光，还是柳暗花明，最重要的，原本是在历经中的时光里，保有喜乐，祛除悲伤。人生中大半的指望，不过是归于尘土，成为失望，但是假若因此便虚度一程，不抱喜悦，放任而为，那么行至终途，回身而望，不过是荒漠一片。

而在指望中喜乐，让这寂寞的人生，因此多一些微小纯净的快乐，犹如茶中沉浮的花朵、溪中飞旋的叶片、空中掠过的飞鸟，这样的静寂与喜悦，于任何一程的行走，都应当是值得留恋的美好。

原木之爱

很小的时候，被外出做工的父母丢在家里，常会觉得恐惧，像是有飘来荡去的鬼魂，出没在橱柜的阴影里、花盆的泥土枝杈中、老式八仙桌下纵横交错的蛛网间，或者，是塞满了白菜、土豆的黑洞洞的床底。每每觉得害怕，我最常做的，就是躲到家里存放衣服和棉被的橱柜里去。那里是我最温暖的港湾，我躺在层层的棉被之上，一边嚼着甜甜的姜丝，一边听着外面的青石板街上，杂沓琐碎的人声。我能够清晰地分辨出哪是父母的脚步，哪是隔壁谭阿姨哼的小曲。这些远远近近的声音，像傍晚洒满阳光的波纹，一漾一漾的，我便在其上，睡着了。偶尔，会听到有陌生的人来敲门，问有没有人在家。我每次都会从梦中惊醒，吓出一身冷汗，但并不敢动，只是贴得橱柜愈发地紧，又用母亲的衣衫蒙了头，屏息凝神地听门外的动静，直到那急促的敲门声止住了，院子里再一次陷入天长地久般的寂静。而我，在原木的散淡清香里，又渐至回复到惊惧前的疏懒，沉沉地倒头睡去。

有时候，父母回来，四处寻不到我，发了急。我却窝在柜子里，暗自掩嘴嬉笑。直到母亲快要哭了，我才悄无声息地打开柜门，蹑手蹑脚地从背后抱住母亲，将她吓得大叫一声。这个秘密，母亲并不知道，我从没有告诉过她。我在橱柜里，怎样放任着想象，将所有看过的、听来的故事，杂糅在一起，创造出一个与齐天大圣一样能上天入地的精灵。更重要的，这个精灵，可以给我安抚，伴我入梦，将那些独自的漫漫时光缩短、变淡，直至像我腮边的泪痕，了无踪迹。

是的，我如此固执地喜欢着橱柜里隐秘的时光，感觉里，时间在此，像是长了翼翅，飞一样便载我度过了孤单无助的时日。就连那些突如其来的造访者、猫在屋檐上诡异的叫声、风漫过树梢时寂寞的嘶鸣、天色渐暗时穿堂而过的老鼠，我都不必再怕。不大的橱柜，足以将这所有的一切，统统挡在门外。我只从橱柜的缝隙里，便可以知道：外面的光，淡下来了；人声，亦不再鼎沸；而母亲，也快要回来了。

我整个童年的记忆，似乎都与这个充满好闻的樟脑香味的橱柜，交织在一起。我记得我在其中，嚼过的槟榔，嗑过的瓜子，啃过的香瓜，翻过的小书。偶尔没有零食可吃，也无书可读，我会将机器轧好的长长的面条，捏上一束，漫不经心地嚼上几个时辰。那种“咯吱咯吱”的脆响，像是啃噬寂寞的老鼠，在记忆中长长久久地遗留下来。我甚至记得那些在其中做过的梦，彩色，或者黑白，带着一股枣花的甜香和木质的纹理，影像般定格在年少的底片上。

那个橱柜，是父亲亲手做成的。枣木很硬，要做成结实的家具，就要费很大的力气，经过很多道工序。所以，父亲求过许多的木匠，但都没有人愿意来做。最终，父亲选择了自己动手。记得他砍枣树的那天清晨，我仰望着深秋里已经疏朗的枝干和上方明净的天空，突然觉得鼻子很酸，想着再也不能爬到树上，去尽情地找寻那些熟透的红枣；再也不能在八月的午后，将脖子仰得酸了，只盼着看那透亮的枣，在母亲挥舞的竹竿里，“啪啪”掉落，砸得我的脊背，丝丝鲜明地疼。

但这些感伤，很快便被解木刨光的父亲的热情蒸发得无影无踪。我会碍手碍脚地帮父亲拉锯、烧火，或者，只奉上自己不着边际的自言自语。父亲将枣木解成大板，放入大锅中沸水蒸煮了三天，然后码放在室内，让其慢慢地自然风干。风干的过程，持续了一整个冬天，最后，我终于不耐烦了，父亲这才不慌不忙地，用刨子一遍遍地打磨，直至那些细腻唯美的花纹，花儿一样，在院子里铺陈开来。我喜欢用手温柔地抚摸那些纹理，感觉里竟像是丝绸，如此地滑润，那样的柔美，一寸寸，看得见昔日蜂飞蝶舞的灿然光阴和那硕果累累的喜悦时日。

父亲说，枣树是最让人钦佩的一种树，它们可以漫天遍野地生长，不挑旱涝，不计人爱。枣花酿出的蜜，是蜜中的上品；枣能食用，亦能酿酒；而坚实的枣木，则因虫不蛀、纹不裂、色极美，而成为旧时做车轮车轴的上上之选，拿来做家具，则实在是委屈了它。我不明白，便问父亲，如此好的枣木，为何木匠们不愿意来做呢？父亲便笑，刮刮我的鼻子，说："只有像我们这样，有耐心经历一道道繁杂工序的人，才能见到最后漂亮的衣橱呢。"

衣橱完成的时候，已经是又一个秋天。我对其膜拜的一个仪式，便是躺在依然可以闻得到细细香气的衣橱里，微闭上眼，美美地睡了一个小觉。醒来时，我的头上，已经挂满了五颜六色的衣服，它们像猎猎彩旗，在秋日的风中，将那一株枣树十几年的旧梦，"扑啦啦"地一一卷过。

后来，我便离开了家，去了很多个地方，但不论走到哪里，我最先去买的，便是一个小小的橱柜。我买过可以折叠的塑料橱柜、散发着浓重油漆味又常常爬出小虫的木质橱柜，还有那种过不了一年便生出裂纹的拙劣橱柜。但不论我花多少钱，都再也买不到手工做成的橱柜的感觉。这个遗憾，像是经年的旧习，天长地久，便成了一道无法祛除的裂痕，深深地嵌入我的记忆，让我以为，它们从一开始，就是长在那里的。

再后来，我也有了自己的家，我花费了近十万元来装修自己的房子，又买了与之匹配的昂贵的衣橱。我也曾经想把那个枣木的橱柜，千里迢迢地搬到自己家来，以便将儿时的那个梦，绵绵地延续下去，却招致包括父母在内的许多人的阻拦和奚落，他们皆说：多么土的样式，多么笨重的木头，现在还有谁，像你一样恋旧到如此不论和谐的地步？

我想了许久，终于忍痛放弃。或许，让那一个青烟缭绕的旧梦，暂且锁在原木的清香里，方是最合适的缅怀的方式。只要，我依然记得，记得那段将自己闭锁在柜中的时光，记得我所有的梦与爱恋，记得手工时代的朴质与忍耐，这就足够。

水流云在

阳光好的时候，我喜欢去青城老旧却安静的古玩街上走走。这里几乎是被城市遗忘的角落，就像那些古旧的仿制品，摆在地上，落满了尘埃，也爬满了时间的痕迹。逛街的人，大多是像我一样的散客，来到这条街上，不过是饭后散步消食，或者遛遛小狗。在古玩店里流连，并不会忘返，随手捎上一件不值钱的物件，也只是兴之所至。

路边常会见到三五个人蹲在地上打麻将，吸着烟，说着闲话，顺手还会收一两个顾客挑中的某件古玩的小钱，或者抚摸一下总在脚边蹭来蹭去的小狗。陌生的路人有时也会停驻下来，帮忙在一旁支招。赢了钱的，得意一下，便拿去附近小卖铺里，买了烟来，分给相识或不相识的人吸。古玩店里的老板，对待顾客并不会刻意逢迎，照例在顾客推门进来时，目不转睛地看着电视里的新闻，或者香港的老武侠片子。顾客像在小型超市里，自由翻看货架上的东西，并安静地来去，毫不担心会有服务生上前，喋喋不休地推销店里的货品，或者警惕地跟在自己的身后，窥视着自己的一举一动。即便是摆在外面门口处的古玩，或者字画，店主也不会探头张望路过的人，是否会顺手牵羊拿了去。

尖顶的小教堂，隐在居民区里，不言不语，静寂地伫立，似乎天长地久，一开始就在这里，又似乎早已被时间忘记，它又不与之争辩，因此便可以在喧嚣中，淡然而立。偶尔会有容颜沧桑的妇人，从剥落了油漆的小门里走出，在诵经的安静乐曲中，慢慢经过这一条从容不迫的老街，回家煲一锅汤给晚归的老伴。街道上并没有一般的商业区里嘈杂喧嚣的流行音乐，即便是小摊上摆放的盗版碟片，也有着一种20世纪80年代香港老电影里的质朴和纯真。配钥匙的老师傅，因为腿脚不便，坐在具有全套行头的三轮车上，边饮一杯色泽浓郁的茶水，边将对面老伙计摆下的象棋中的一个卒子，先过了楚河去;有客户来了，依然是不慌不忙，将对方一军，才笑呵呵回转身来，操持配钥匙的行头。

小狗们在这条街上，当是最快乐的生命。它们或奔走在风中，或卧在店铺的门口，有些霸道地懒洋洋横在门槛上，看见人来了，只抬头看一眼，便继续做它们的白日小梦。如果有一根店主扔来的骨头，它们可以津津有味地啃上一天的时间，直到那根骨头，在口中味同嚼蜡，这才不再玩乐，几口将其吞下去。它们看不懂牛皮上王昭君的画像，也不明白那些古玩在时光里所剧增的价值，但它们懂得在春天的大风里，追逐同伴时，昂扬向前的酣畅与淋漓。有时候，它们也会安静地卧在主人的身边，看电视屏幕上闪烁的光亮，或者静听外面的大风，呼啸穿过寂静的小巷与老街。日光斜斜洒落下来，太平盛世下，它们自有打发时日的小喜乐。

古玩街的尽头，是已经破败下来的民居，昔日乡村炊烟四起的闲散与自得，在高高的烟囱上，依稀可见。时光行到这里，似乎瞬间慢了下来。并不平坦的乡间泥路，昭示着此前曾经历的风霜和雨雪。抬头看天，淡蓝中飘浮着的，依然是千百年前就以最悠然的姿态自得其乐的云朵，它们俯视世间轮回上演的种种悲喜，不动声色，犹如一场戏剧谢幕之后，最后离去的那个看客。

这一条不长不短的街道，隐在市区的繁华之中，像一个智慧的长者，不言不语，却深悟一切的离合悲欢。水流云在，俗世中上演的种种喧嚣与吵嚷，在它深沉的注视中，不过是一粒小小的尘埃，手指抚过，了无印痕。

十字路口处的一匹马

我是在一个车水马龙的十字路口，遇到了这匹马的。

彼时，它正被与它一样黑瘦疲惫的主人牵着，等红灯亮起，与行人一样穿过斑马线。我先是隔着马路看到了它晦暗的毛色：像斑驳的墙壁，又像经年不洗的老人身上一块块的癣。我尽力地将它想象成一匹身经百战的烈马，曾经有过在战场或者草原驰骋的辉煌，不过是因为和平年代的到来和草场的退化，而与那些失去了草场的牧民一样，迁徙到了城郊，或者是都市，做着最卑微的工作。

它身后的车上，是高高堆起的红枣。那样鲜亮的颜色，将它衬托得愈加黯淡。假若它的个头再矮小一些，我几乎会将它误认为一头沉闷的驴子。它的主人，显然是属于那些无证摆摊的小贩，自己种了枣林，便每天起个大早，赶着它，奔跑上几十里路，来城市躲躲闪闪地边走边卖。

它就那样安静地站在那里，低头，像一个想着心事的孤单的孩子。我经过它的时候，它甚至看都没有看我一眼。它的眼中，溢满了无助与忧伤。那一刻，它一定像我一样，在人群中走神、发呆，忘记自己所处的地方。我懂得那样的孤单，在一片喧嚣之中，却什么都没有听见，只听见自己的心，在胸腔中，“啪嗒啪嗒”地走着，一直走，一直走，想要走到一个有温暖阳光的草原，或者可以停驻的家园。

它却与我一样，在这个城市里，丢失了自己的家，永远都无法寻到一小块泥土，可以将心植下，长成一株高粱，或者一丛根茎发达的草。

很快地，有人围拢来，买主人的枣。主人欢天喜地地数着钱，全然忘记了给它丢一把干枯的草，或者像它昔日兄弟们的主人那样，爱抚地拍拍它的脑袋，示意它耐心地等待一会儿。他甚至都没有为它系上缰绳，任那一截绳子，在地上懒懒的搭着。

而它，却没有丝毫的抱怨。它依然温驯地站在那里，如一头沉默不语的老牛，或者一座静止的雕塑。有生长在城市里的人，好奇，逗它，主人就哈哈笑着，一拍它的后背，说“老实着呢，不用怕”。他说这话的时候，带着杂耍艺人的轻浮，似乎，它成了此刻能够博得顾客一笑的小猫小狗或者猴子，只要是主人一声令下，即刻使出百般武艺，取悦肯掏钱出来的路人。

可是，它在主人响亮的巴掌里，忧伤地回头，看一眼那些嬉笑着的顾客，便又低头，做了感伤的诗人。是的，那一刻，它是这个城市里流浪的诗人。它本来应该是草原上奔腾的勇士，可是它失去了战场，沦为与牛一样拉着车，在城市里为人的生计奔走的工具。它永远都赶不上汽车，汽车溅起的灰尘与泥土，常常无情地落到了它的身上。它还被许多人嘲笑、奚落、指责、呵斥，就像我正经过的时候，它被迎面走来的一个城管拦住了一样。

是它无意中拉了一坨粪便，尽管主人早已在它下面，系上了一个塑料的袋子，可还是有一些，溅在了马路上。城管不耐烦地让它的主人赶紧将马路擦净，然后立刻离开，不要影响了市容。它的主人不断地点着头，一连声地说着抱歉，然后蹲下身去，擦拭地上的粪便。它低头看着主人可怜地跪在地上，一遍遍地擦拭着城市不长野草的马路，眼中再一次掠过一抹忧伤。它微微后退两步，用腹部温柔地蹭着主人的身体，似乎，想要给遭受了城管训斥的主人些许的安慰。

可是这样的举动，却换来主人一记毫不留情的鞭子。他气恼地骂着，说它没有眼色，拉屎都不知道找合适的地方！假若今天真的被罚，这一车枣就全赔进去了。

它并没有因此发出一声旷野中的嘶鸣，它只是在主人的指示下，“啪嗒啪嗒”地顺着人流，无声无息地向前走去，而不管它的背后，是一坨依然散发着热气的粪便，还是主人怨恨地瞪视，或者，我这样一个不相干的路人，带着疼痛的同情。

我想起一个住在草原上的诗人，他常常会在外喝醉了酒，然后被人抬上自家的马，慢慢驮回家去。我们总担心他会在马背上走失了，可是，他总会被马安然无恙地送回爬满牵牛花的篱笆小院。

我们皆称赞他的马是一匹懂得人性的好马，他却摇头，说：生长在草原上的马，与人有一样的智慧。只是它们不像人这样喋喋不休地炫耀，或者自以为是地自夸。它们只有在奔驰中，才会让人懂得那种与生俱来的勇猛与野性。一旦将它们放逐城市，或者促狭逼仄的马圈，它们宁肯保持沉默，也不会像人一样，将过去的光环，一遍又一遍地提起。它们是草原上的勇士，如果远离了家园，它们则是最真诚的游吟的诗人。

那匹被当作牛使用的十字路口处的马，它的梦里，有没有过去的时光呢？它会不会怀念草原上的兄弟，羡慕那些可以战死的烈马？哪怕，是在电影拍摄中，被狡猾的人类欺骗着，为一场由摄影机录下来的虚假的战争，而战死沙场的烈马。

我想它一定会的，不管它的主人如何的忽视于它，将它等同于所有没有梦想的工具。它在破旧的马棚里，一定会梦到那段飞扬的岁月，梦到无边草原上鲜美柔软的水草，梦到真正懂它的牧民。就像，我这样一个来自乡村的孩子，梦见故乡的水稻、农田、炊烟，或者，母亲一声声的呼唤。

因为它与我，都是这个城市里，走丢了家，又时刻寻找着家园的诗人。

喝茶的旧日好时光

有一次逛店，看到一种饮茶的杯子，内里放了一种新式的器具。此器具状如旧时舀油的勺子，不过在勺子上加了一个盖：转开盖子，可以将茶叶倒入其中，合上之后，放入杯中，则茶叶不会上浮下沉。杯中的水，犹如一瓶有了金黄茶色的饮料，你只需放心地喝，丝毫不必担心茶叶梗或者叶子会像往常那样——喝到口中。当然，更不必有昔日的烦恼：需要在漂着的一圈茶叶里，左转右转，才能在杯口寻到一小片空地，吸溜着将芳香的一口茶喝下去。茶叶在暗箱里，不管怎样地发酵、膨胀、舒展，都无法逃出来，阻塞你的嘴。你可以专心致志地看一份报纸，赏一部精彩到不容你分心的电影，或者享受与人辩论的乐趣，且顺手拿起一旁的茶杯，像喝澄澈的饮料一样，一口喝上半杯，唇齿留香。但再也没有这芳香的源头，来扰你心神。

店里的小姐极力推荐，说：上班族，用这样的杯子，方便呢，既无须清理残余的茶叶，也无须费神口中的茶梗吐到何处，连杯子，清洗起来，都不费时呢。我被说得动了心，兴冲冲买了一个回去，而后开始将喜欢的茉莉茶叶，小心翼翼地装入暗箱，再放入杯中，便开始冲入烧开的沸水。我习惯性地看了一页文字之后，将第一遍水倒掉。可是，我很快意识到，对于这样特殊的杯子，第一遍倒掉似乎已显多余：既然茶叶不再四散，那么，其上附着的尘灰，也自是在暗箱里逃逸不出的。我悻悻然地再次冲入沸水，而后便抱着靠枕，倚在沙发上，悠闲地看起书来。

翻了几页之后，我放下书本，捧起杯子，打开盖，下意识地闭上眼睛，深吸一口气。我喜欢的茉莉花香，徐徐飘溢过来，先自浸润了肺腑。但不知为何，那香气，似乎有些淡了，好像什么东西，给堵住了，飘散不出；只青烟一般，象征性地，掠过鼻尖，便兀自散开了。睁开眼睛，将嘴唇翘起，吁吁地吹着，吹了片刻，才想起：杯中并没有茶叶，更没有绽放开来的茉莉，我只需要像喝白水一样，大口吞下去，就可以了。唯一有区别的，就是白水里，加了浅绿色，又附了让你找不到源泉的花香。一种新式的饮料，因了这一小小的暗箱，豁然开启。

可是，当我喝完一杯又一杯的茶，当我翻完一本书最精彩的部分，当我伸伸懒腰，看着秋日投射进来的温暖的阳光，回味起每一个细节，我突然发觉，这个恬淡的午后，似乎缺少了一种东西，从而让寂静流淌的时光，时断时续地，再没有昔日的流畅。但究竟是什么，我却说不清楚，感觉里，像一股氤氲的气，或者铺展开来的连天的荷叶，我站在其上，任心灵飞扬。

直到懒懒的起身，去倒茶叶的时候，打开暗箱，才看到蜷缩在其中的茶叶、茉莉、叶梗，它们在小小的角落里，挤抱成一团，再没有了昔日尽力铺陈开来的飘逸姿态。而那朵白色的茉莉花，甚至没有来得及绽放，便被死寂地团团包裹住了。我所看到的，不再是恣意的花朵与叶子，不再是生命的花团锦簇，而是暗黑的、没有飞翔便被废弃的一撮。它们在暗箱里，没有将生命展示给品茶的人，就萎缩了。

我突然有些感伤，为伴我读书的茉莉，为没有空间重生的茶叶，亦为这一段了无灵性的午后时光。

我依然记得那些品茶的日子：与自己的家人，或者朋友，将上好的茶拿出来，一个杯子一个杯子地逐一放入，再冲入炉上沸腾的热水，而后便在天南地北的闲聊中，等待茶叶张开、花儿怒放。有时候，我们会在茶中放入玫瑰，或者菊花，它们与茶叶纠缠着在杯中升起，宛如一场热烈的爱恋，徐徐地开启。我与家人，喜欢数各自杯中的叶梗，而且固执地认定，当杯中有竖起的叶梗时，近日必会有亲戚来家做客。我们还会比试——谁杯中的花儿更加地妖娆，或者谁的杯中，有完好无损、形如小船的一片茶叶，能给自己载来好运。我们还会在周末，兴致勃勃地涌到朋友家中，借他的器具，喝程序烦琐的功夫茶。茶杯、茶壶，都是用沉郁的紫砂做成，握住的时候，有泥土般瓷实的质感。主人有无限的耐性，将一壶茶，由茶壶倒入茶碗，再由茶碗倒入小小的茶瓯；围坐一旁的客人，则用拇指与食指，拈起其中的一个，沁入干渴的心田。

我始终怀念这样悠闲度过的一段段时光，它们带着茶香，挟着盛开的花朵，悠然穿越我们被工作、物欲堵塞了的时日。

品茶，是一件最急不得的事情，只有一点点慢下来，我们想要的安然、静寂、恬淡与美好，才会如那杯中的茶叶，带着欣悦，舒展开来；或者，像那白色的花朵，悄无声息地，便将重重的花瓣，绽放开来。

而人生，很多的时候，是需要我们这样慢下脚步的。固然你可以选择缤纷的饮料，畅饮而下，可是更能润泽心灵的，却是那天街上，蒙蒙飘洒的小雨。它们或许要很长的时间，可是，当雨停住，却浇灌出一片最适宜生长的沃土。

我愿意在忙碌与喧嚣中，弃掉饮料，泡一壶功夫茶，慢慢地品，一直品到——黄昏来敲我的门窗。

只是一碗馄饨的温度

于他，我只是一个路人，吃过几次他的油条，说过一些不相干的话，有过手指的碰触，而那，也是因为付钱的需要。于我，他则是心灵上，再也难以消除的印痕。

那段时间，因为一个暗恋了许久的人，我向公司请了假，千里迢迢地飞往北京，试图用这样的方式打动那人的心，让他知道我所有的死缠烂打，只是因为深爱。第一次抵达北京，就住在他摊位旁边的一个公寓里。每天清晨，我起床洗漱完后，会到路边的小摊上，吃些早点。他总是第一个到达，最后一个离去。我从来没有见他抬头看过路边的风景，也没有见他像别的摊主一样，互换着尝尝彼此的早点。他的脸，永远都是烟熏火燎的颜色，像是一块黯淡的抹布，在角落里，随意地丢着，除非是有用，否则，没有人会想起它。他的手，也永远在做着揉切翻夹的动作。只有在顾客吃完后自动将钱放入旁边的纸箱里时，他才会抬头，谦卑地笑笑，而后点头，说声“慢走”。

他的油条，色泽鲜亮，入口生津，是这一带出了名的。许多的人，吃了一次，会早起绕了弯，再来。周围的商贩，都有帮手，要么是妻子，要么是孩子，或者老人；唯独他，始终是一个人，骑了三轮车，寂寞地来去。只有一次，我看见一个十几岁的小女孩，悄无声息地走过来，站在他的旁边。他的脸上，即刻有了少见的色彩，像是一株草，突然遇到了温暖的阳光。他欣喜地拿了一条凳子，让女孩坐下，又问她想吃什么。女孩懒懒的抬一下眼皮，说“随便”。他的眼睛，飞快地扫视一下周围的早点摊，而后迅速地锁定在相邻摊位热气腾腾的馄饨上。

他要了一碗分量很足的馄饨，给女孩端过来，又憨厚地笑笑，说：“馅多皮薄，很好吃呢。”女孩并没有多少反应，埋头吃了半碗，便将筷子一丢，转身要走。他急急地将女孩叫住，说：“上补习班的钱，一块拿着吧，我今天忙，没有时间给你送去了。”女孩这才住了脚，接过他手里一沓浸满油渍的零钱，又不耐烦地咕哝了一句什么，便走开了。

那半碗凉掉的馄饨，他抬头看了许多次，眼睛里，带着鲜明的渴盼。直到旁边的摊主，淡漠地走过来，将碗收起，他才失落地重新将视线转移到忙碌的活计中去。

我暗恋的人，始终对我的热情提不起兴趣。不管我怎样的努力，那人的心，都像是一块冷硬的坚冰，碰过去，碎的，是我自己。一个星期的假期，很快地过去，走的那天，我拖了行李，去他的摊上，吃最后一次早点。已经是九点，只有一两个顾客，在埋头匆匆吃着早餐。他坐在摊位后面，在春天的风沙里，右手拿着一个馒头，左手捏一块咸菜，低头吃着。筐里的油条，还是热的，但他，像是没有丝毫的兴趣，看也不看一眼。那顿早餐，因为城管来赶，吃得很是匆忙。走的时候，他一个劲儿地朝我道歉，说：“下次再来。”我笑，想：不知道，还会不会再有下次。

一个月后，我出差去京，想起那个始终不忍放弃的人，便私自多停留了一天，想着不管怎样惹那人厌弃，都要再去见上一面，或许，这次，爱情会同情于我。

照例是住在离那人的摊位很近的公寓里。但早晨出门，却没有发现卖油条的摊子。我失落地买了一碗馄饨，边吃边等，希望能看到他骑着三轮车的瘦削的身影。但直到付钱要走时，也没有将他等到。忍不住好奇，问卖馄饨的女人：“他去了哪里？”女人只淡淡回我一句：“死了，车祸。”我吃惊，问什么时候。女人数零钱的手，慢慢地停住，叹口气，说：“半个月前的一个早晨，在我这里吃了一碗馄饨，骑车回家的时候，被迎面而来的卡车撞出去十几米远。一年多了，他都没舍得在我这里吃一碗馄饨，那天不知怎的，终于肯花钱，要了一碗，也算是老天怜悯，让他走前，能圆一个愿望。可怜他的女儿，母亲早逝，现在，连供她读书的父亲也没有了……”

我站在风沙肆虐的北京街头，许久都没有动，直到最后，眼睛吹进沙子，我拼命地揉啊揉，眼泪，终于哗哗流下来。

突然间明白，什么才是这个世间最珍贵的，与其费力地追寻，不如守住身边所有，哪怕，只是一碗馄饨的温度。

穿越声音窥到你

文字散落于各地的文摘期刊，像无家可归的孩子，被人转来转去。我在网上查到，打电话领取样刊与稿费，穿越长长的电话线，与领养了我文字的陌生编辑对话，常常，能从三言两语里，便看清一个人的表情，还有隐藏其下的文字里一颗颗沉浮动荡的心。

打电话给一家名不见经传的文摘杂志，时针不过是刚刚抵达下班的钟点，想象中：大家都在收拾东西，穿好了外套，等着去坐公交车，或者买新鲜的蔬菜。有人吵嚷着要去吃新开张的盐水鸭，或者街角的川菜馆。办公室里当是一副喜气洋洋解放了的轻松与怡然，所以，这时的电话打进来，不接无所谓，接了，漫不经心也可以谅解。偏偏，与我通话的中年男人，在一片吵嚷中，没等我说完来意，便“噼里啪啦”朝我开了火，说：“也不看看几点了，我们都下班了，还打电话！”语气里满是厌烦与怒火，听起来，像是某个机关单位里，前程不得意的老干事，事业上被人百般排挤，于是便将一腔无处可以发泄的怨愤，一股脑儿倾倒在每日用小事扰他的人身上。

我在他这样的一通训斥里，像一个做错了事的小学生，只不过，用了假装的平静，淡淡回他："抱歉，我不知道你们现在已经下班了。"那人一句硬石块砸在我的棉花上，觉得不爽，又是厉声一句："催债也得看点儿吧，明天再打吧你！"没等我应付一句"谢谢"，那边便"啪"地挂断，只剩了单调的忙音，"嘟嘟嘟"地提醒着我的耳朵：对面的人，早已用怒火，烧断了线路，所以也不必再枉费心机，要那微薄的稿酬。

又有一北方小刊，电话说明来意之后，接线的中年女人，即刻用尖锐的声音冷冷道：我们从来不发稿费！语气斩钉截铁，毫无商量余地。遇到许多告知作者没有稿酬的文摘期刊，但大多言语怯懦、语气温柔，怕一不小心，撞上好事者，不怕千难万阻，将杂志告上法庭，所以还是精神安抚为上。但像如此理直气壮、牛气冲冲的期刊，还是首次遇到。

被好奇与调侃的心理怂恿着，我突然增加了胆量，直截了当地，将昔日被我等清高文人不齿提及的稿费问题，抬上桌面，反问她道："你们为何不给文章作者发放稿费？难道你们一直都在免费办刊吗？"中年女人也铆上了劲，语气愈发强硬，似乎要将我开始露了苗头的嚣张气焰，给强行打压下去；依然是刚才的句式，只不过换了一个词语，成为小孩子无理取闹时的任性之句："我们就是不发稿费！"

我终于在这句话后，笑了，而后拿出一贯的宽容，回她："那么，就不发吧，谢谢。"中年女人却是懒得理我的宽厚，连"嗯"一声也不肯给，便挂了电话。我在余音中，想象那个女人，当是有一副冷硬的心肠，已经习惯了如我之类讨债的人，所以才练就了一身铮铮铁骨，任你万箭穿过，也伤不及她的丝毫皮肉。

也有内敛之人，不发飙，也不冷漠，只按部就班地，照你的指示与要求，像模像样地，说帮你记下联系方式，而后邮寄稿酬给你。只是，看不见他的动作；那声音里，却是透露了一切秘密。长长的一个地址，每一次你还没有说完，他就已经迫不及待地给出一个"好"字，总让你怀疑，习惯了一目十行的文字编辑，写起字来，也是手速如飞，大有一流速记员的标准。而且，不等你将名字说出来，他就豪迈地扔给你一句“我们马上就去办理”。我总是怕他尴尬，讪讪说道：“可是，您还没有记下我的真实姓名，邮寄稿费，怕是不太方便吧？”那端的秘密，终于像一个孩子没有系好的腰带，被一个人抓住了，轻轻一抽，便露出里面私藏的一笔小钱。

这样“善意”的欺骗，挂掉电话的时候，就已经心内明了，知道不必等如此郑重其事的承诺。那期待中的绿色的稿费单，定是不会上路来找你了。

俗世中充满各式各样的欺骗，而那些给予了世人以精神食粮的文字，很多时候，却是可以成为一件最好的外衣，披上去，我们便似乎有了高尚的光环。可是，新装穿上去的时候，我们却常常忘了：身体可以遮蔽，声音，却是将我们的表情与内心，一览无余地暴露。

天真主义

7岁的小表妹，爱美，不仅与人比糖果的丰富、画书的多少、衣服的华美，还总在镜子前，模特般摆出一副又冷又酷的姿态，与去串门子的人一争高低。后来，家里寄居一远房亲戚家的女孩，长小表妹一岁，也是不甘人后的个性。于是，两人经常争来抢去，在很多鸡毛蒜皮的小事上，都不肯相让。大人常常对小表妹谆谆教导，要与人为善，有主人的风范。小表妹不懂主客之礼，自然也不理会大人的苦口婆心，依然是吃饭的时候，跑着去坐自己可爱的小熊座位，用明黄的小碗和橘红的汤匙，还霸着遥控器，看自己喜欢的动画片。

但小表妹还是有一个天生的缺陷，就是皮肤太黑，不管用什么东西涂抹，那黝黑，都透亮地将她整个人，从上到下地敷着。每次当她被亲戚家女孩得意扬扬地拉到镜子前，比谁的肤色更白的时候，她的自尊心，都会像那腌了的黄瓜，刚刚还是顶花带刺的鲜嫩一条，瞬间便没了骨架，整个蔫了下去。所以，每每亲戚家女孩与小表妹争夺不过，便会拉了她朝镜子前一站，张扬道："来，我们比比谁长得白。"只这么一句，小表妹的嚣张气焰，即刻连点火星子也迸不出来，一路跌落下去，再也拾不起。

后来有一天，小表妹又被女孩拉去比白，见我在这儿，便哭哭啼啼，说女孩欺负她，明明知道她比不过，还几次三番让她出丑。看着她黑得发亮的皮肤，我笑，而后附在她的耳边，小声道：“咱不跟她比白，咱今天跟她比黑，看谁黑过谁！”这一句果真有效，让小表妹即刻茅塞顿开，跳将起来，高傲地一甩额前碎发，便走到女孩面前，嚷道：“今天咱们比谁黑！”于是不由分说，便将女孩拉到镜子前，嘻嘻笑着掀起可爱的小肚兜，露出自己黑宝石般的小肚皮。我在客厅，看着对面镜子里，犹如清水里卧着的两块黑白分明鹅卵石的小女孩，一个天真嬉笑，一个任性翘唇，不由得“扑哧”笑出声来。

本以为小表妹此后会醒悟我这骗人的招数，知道还是白对人来得更加实用，于是继续深陷在那小烦恼里，走不出来。可是，7 岁的小表妹，自此却是执拗地，认定黑也是一种骄人的资本，可以让自己将白皙的公主打败，并享受一下黑美人的华贵与骄傲。她几乎是每有人去，便要将人拉至镜子前，炫耀似的与人比黑，并在鲜明的对比中，有打了胜仗般的开怀。

这让我想起一次聚会，两个彼此熟识又彼此不屑的女子比拼，说到自己所穿的衣服牌子，一个坚持称国内的顶级品牌并不比国外的差，一个则傲慢宣称有品位的人从来都只选择国际路线。最后，两人拼来比去，还是奉行国际主义者略胜一筹，以价格的优势，让国内主义者落了下风。

但是，至此两人却是交了恶，在公共场合互相拆台，彼此嘲讽，丝毫不会来点我家小表妹的天真主义，比谁的衣服质优价廉，或者比谁更环保。

人的成长，大约就是这样一个过程，逐渐地祛除那些天真的傻气与稚气，不再执拗地坚持自己的路线，而是渐渐混入人群，犹如一滴水融入海洋，此后随波逐流，哪管什么个人的喜好，大众的、潮流的、昂贵的，便是时尚，便是衡量自身价值之圭臬。倘若有谁离了这线路，出了轨道，大抵都会遭人诟病与嘲笑，犹如我那因为比黑而被成人们笑话一样屡次提及的小表妹。

而当我们蝉一样褪去青涩的壳，那天真主义，也便藏在童年枯干的壳里，成为回忆中一个烟灰色的笑料。

在初春的月亮下走路，常会看到自己的影子，不紧不慢地跟着我的脚步，穿过路灯的昏黄，经过一家即将打烊的花店，越过一片小小的树林，掠过一只机警的野猫，抚过在风中飞旋的落叶。我很轻很轻地走，犹如一只夜间出行的蚂蚁。我甚至不敢回头，怕我的影子，受了惊吓，躲进某片灌木丛里，且再也不肯陪我度过那些孤单行路的夜晚。

痴缠·梦想

光阴里那些手绘的花朵

那时，我已经开始爱美，会在肥大校服的里面，穿碎花的衬衫；天热的时候，将校服的拉链，尽可能低地拉下去，露出那一蓬一蓬散漫开着的花朵。有男孩子看过来，会羞涩地低头，手指轻轻绞着校服的一角，似乎，想要从里面，绞出一丝炽烈的勇气来。

那时真是单纯任性的小女生，十五六岁吧，总抓住一切可以不穿校服的机会，放任自己妖娆地绽放。老师们在讲台上，看见谁故意地将校服穿得凌乱不堪，就会板起面孔，说一通女孩子要自尊自爱的话来。而我们，则于课下凑在一起，七嘴八舌地讲这个老师的八卦和坏话，一直讲到心满意足，被批的那点儿小委屈，终于烟消云散，我们又回复到昔日嬉笑打闹、热爱臭美的一群。

是上美术课的时候，老师将一盆茉莉摆在桌子上，说让我们描摹。邻桌叫茉的女孩，却偷偷地将一朵花瓣柔软芬芳的茉莉，画在了自己校服的内侧。画完了，她便伸过头来，欣喜地要与我分享。就在我刚刚瞥了一眼那朵呼之欲出的茉莉，还没有来得及惊讶于茉的大胆笔法时，老师便一脸威严地走了

过来，而后不容分说地，让我和茉站到讲台上去。

惶恐中，我与茉肩并肩地站到讲台上，等待老师的冷嘲热讽和同学善意却刺目的同情。老师冷冷地让茉给大家“展示”一下她的艺术作品。明知道这是故意的揶揄，茉却骄傲地朝老师微微一笑，而后打开校服的一侧，又像鸟儿一样，铺展开另一侧。台下一片哗然。我小心地顺着老师愤怒的视线朝茉看过去，这才吃惊地发现：她右边的校服内侧，竟然开满了大朵大朵绚烂的山茶花。而当她背过身去，将衣领内侧也翻开来，出现的竟是一条长长的绿色的青藤！

老师的脸，霎时像泼了一瓶油彩，红的、绿的、蓝的、紫的，混在一起。而这些颜色被他僵硬的面部肌肉一抖，扑簌簌地，便全都脱落下来。台下开始有人高声地喊叫、唱歌，像一群被束缚太久的鸽子，“呼啦啦”地，便撞开了笼门，飞向那高远纯净的蓝天。

我依然清晰地记得，这场由茉引导的手绘的革命，它在我们那个保守封闭的小城，犹如一道雨后的彩虹，张扬炫目地，挂在天边，让每一个人，都渴望走近它，采摘一片，放入背后的行囊。

我们手绘自己喜欢的花草、飞鸟、童话、音乐、明星、格言。我们还自创抽象唯美又神秘莫测的图案，而其中蕴含的爱恨，除了那个校服的主人，无人可解。我曾经将对另一个男孩的暗恋，只用一片水中漂泊的绿叶，就含蓄完美地表达出来。而茉，则把对一次测验失利的懊恼，用一个龇牙咧嘴的小人儿，尽情地发泄。男生们呢，则在校服上绘满崇拜的球星、赛车手，或者一个女孩秀美的双眸、一行爱的英文字母的缩写。

老师们终于无力阻止这股手绘的潮流，任我们将画由内至外，涂满原本单调的校服的每一寸空间。昔日总强迫我们穿校服的体育老师，却是喜上眉梢，因为，我们终于不用他耳提面命地，才勉强穿起校服，绕操场跑步了。那些绘满青春符号的校服，像是猎猎彩旗，陪伴我们，激情地，迎风奔跑。

几年后，我离开校园，来到北京，在一所中学的门口，看见那些出出进进的男孩女孩，与年少时的我一样，穿着肥大的校服，脸上挂着漫不经心的表情；而所有流行的物语，不必看报上网，只需瞥一眼他们校服的衣领、袖口、肩背，便能管中窥豹。

而我，站在北京的街头，看见那些青春的代码，在校服上熠熠闪光，犹如我已经远逝的年少时光，那样的鲜明、疼痛，又感伤无助。是到那一刻，我才看清了，自己一路行走奔波，却始终不肯，驻足回望那段岁月的原因。

有一种友情只留给记忆

海蓝是我年少记忆里，最温情的那抹橘黄。

我犹记得，那时我们好到亲如姊妹。不过是 12 岁刚读初一的小女生，心内那些细小的秘密，却是如秋日的菊花，千丝万缕地，一重重包裹着，将那瘦而敏感的枝茎，压弯了；不肯再讲给父母，只把它们隐匿在心内晦暗的角落。幸亏有海蓝，在那样孤单无助的青春岁月里，紧握着我的手，在风中默默前行。女孩子之间的好，犹如初恋，带着一丝丝甜蜜的忧伤。我们不仅分享从家里带来的糕点、糖果，彼此视若珍宝的手链、发卡，亦分享那些无法对师长们讲述的秘密。常常是宿舍里熄了灯，海蓝在黑暗里轻唤我的名字，我在她的召唤里，如一条小蛇，悄无声息地潜入她温暖的被窝。两个人就这样挤在一张窄小的床上，在窗口温柔漫过来的月光里，看着彼此明亮纯净的眸子，细细密密地说些白日里无法开口的琐碎心事。说到累了，便枕着交缠的头发，闭眼幸福地睡去。

甚至到后来我们暗恋上隔壁班同一个男孩，竟很奇怪地彼此也没有丝毫的嫉妒。我们将彼此写下的日记，交换来看。我们很多次在路上，羞涩地等着那个男生经过时，会看我们一眼。即便是那个男生从没有注意过我们，我们依然乐此不疲地在拐角处看他走近又走远。那是一段疯狂的岁月，我们爱上一个骄傲的男生，他对我们一无所知，我们却熟知他的一切。如果没有海蓝，我无法想象，这样绝望无助的爱恋，将会如何啃啮着我的自尊。是海蓝的这份柔软的情谊，让这一切，着了一层玫瑰色的亮丽的光泽。而那梦一样的青春，就在彼此的慰藉里，安然滑过。

18 岁那年，我考入省城的大学；海蓝则不幸落榜，回到小城，做了一名普通的纺织工人。起初，我们还时常通信。后来，她屡次外出打工，地址无法确定，联系便慢慢中断。直至最后，我们彻底失去了联系方式。这一断，就是十年。这十年里，我恋爱、结婚、生子，在省城有了人人羡慕的房子、车子和安稳高薪的工作。我时常会给老公和孩子谈起海蓝，谈起那些相依相扶的年少时光。谈到最后，总会因为再无法联系上这个在生命里已是枝繁叶茂的朋友，而黯然神伤。我曾想，如果上天让我们再次重逢，我将会用加倍的好，来弥补这十年友情的空缺。

这样的梦想，竟是因为一个远房的亲戚，得以实现。得到海蓝电话号码的那一刻，我的心，如一只困了许久的大鸟，张开翼翅，便倏地飞入蓝天，但还是因为兴奋，而挣落了几根羽毛。海蓝亦是欣喜若狂，在我略带霸道的邀请里，欣然答应即刻来访。

我请好了一个星期的假，翘首等待海蓝的到来。尽管知道海蓝早早地嫁了人，做起家庭主妇，如今因为丈夫也下岗，两个人日子颇为紧张，但还是没有想到，只大我半岁的她，在我优雅飘逸的衣裙映衬下，竟像是一个从乡下进城来的保姆。我和海蓝，显然都没有预料到，时间带给我们的改变如此残酷！两个昔日原本好到了无隔阂的女孩，今日走在一起，竟觉出一丝的尴尬。好在那旧日的情谊依然浓郁，我还是一下子抱住海蓝，在她粗糙的发梢旁，对她哽咽说道：“海蓝，我好想你。”而海蓝，亦是在我名贵的衣裙面前，略略迟疑，便结实地将我回拥住。

那一个星期，我开车带着海蓝，四处游逛。海蓝显然是第一次来省城，对那些我司空见惯的繁华与奢靡，诧异万分，时不时地，就让我想起《红楼梦》里，那个初次进城的刘姥姥。但我还是以十二分的耐心，将海蓝那些可笑的问题，一一解释给她听。记得在一家档次颇高的饭店里，海蓝拿着菜单，看了很长时间，才最终选择了一道与糖醋鲤鱼做法比较相似的菜。我看了即刻笑她："不要给我省钱啦，换一道贵点儿的菜好不好？"海蓝的眼睛里，闪过一丝的感伤，她却是什么也没有说，就随手将另一个菜名，写了上去。后来吃完的时候，我才猛然想起，鲤鱼原是年少时海蓝最喜欢吃的，而我，却是那么粗暴地，就将她的这点儿爱好，给自以为是地断掉了。

临走的时候，我将给海蓝买的衣服和化妆品，塞满了她的旅行包。海蓝几次想要拿出来，但都被我制止住了。我希望这样的热情，能够让海蓝体会到我们之间的那份情谊，在漫长的十年里，依然完好无缺；至于时间带给我们的差距，当是可以漠视掉的吧。

海蓝走后，我在枕头底下，发现了她留下的一千元钱和一张短短的字条，上面写着："谢谢你的热情，我会一直记得。"我的心，在那一刻，突然像是被什么东西给粗暴地拉开了，一直拉到——与海蓝再也无法彼此相视的距离。

此后的海蓝，再也没有与我联系过。我一度在她的冷漠里，难过，迷惑。很长时间之后，我再一次看海蓝留下的那张字条，才忽然明白，我的热情，曾经怎样深地伤害了海蓝。那段情谊，在我们巨大的差异里，原本只能留在原地，安静地生长；一旦我们人为地将它拔起，移植到如今的热情里，那么，它或许很快地，就会枯竭而死。

能像海蓝一样"一直记得"，或许是这份友情最美好的存在方式。

有没有阳光温暖过卑微的你

每天去电影学院蹭课回来，我都会路过北京电影制片厂。有时候，我会刻意地走辅路，这样，便能与他们擦肩而过，并闻到他们身上散发的味道。

他们是生活在北京的卑微的一群人，晚上住晒不到阳光的地下室，白天，则坐在北影厂门前的台阶上，从日出，到日落，耐心又焦灼地，等待着机会的降临。他们与劳动市场上，等待被挑选的民工或者保姆们一样，渴盼着在某部电影里，饰演一个小小的角色。哪怕，只是一个侧影、一具尸体、一双眼睛、一声叹息，或者，被无情的剪辑师一刀剪下去，只剩半个臂膀。

他们在台阶上，边期待着门口有某位导演出来，边无聊地打着哈欠、说着笑话、讲着粗话，或下一盘不知道有没有结局的象棋。他们衣着暗淡，神情沧桑，像经年累月、阳光下灰尘满面的石像。他们之中，有父亲、母亲、妻子、丈夫、儿子、女儿。他们为了几十块钱的一个群众角色，会疯狂地拥挤、争抢。但等待的漫长时间里，他们则会谈起家常，谈起困顿艰难的生活。这样的闲聊，于他们，是一种比电影更温暖的慰藉吧。假若没有彼此的交流，不知道，他们在这里，能够将对电影的挚爱，与对美好生活的期求，坚持到多久。

有一天，我看到两个 18 岁左右的少年：他们躺倒在初春黄绿相间的草坪上，微闭着眼睛，看着头顶温暖阳光里，斜伸过灰墙的一株枣树瘦削光秃的枝干。我很想知道，那一刻，在风中微微晃动的他们的小梦里，有没有故乡另一株同样枝干虬曲的枣树？或者，是某个初恋时笑容甜美的女孩？我看了他们许久，直到他们睁开眼睛，朝我淡淡地瞥一眼，我才慌慌地，一低头，走开去了。我突然觉得，我是如此粗鲁，让人讨厌，以如此尖锐的视线，撕开他们不想被外人指点的斑驳的生活。

我想起在中关村一家电子产品店里，看到的另外一个男孩。大约也是 18 岁吧，看到我经过，很温柔地喊我“姐姐”，又将我引至店中，倒水给我。我看一眼店内不多的相机样品，知道这样的店未必可靠，便打算转上一圈，就找理由走人。转至一款佳能的新款相机前时，我问：“能给我介绍一下这款的功能吗？”他忽然就红了脸，低声地朝我道歉：“对不起，姐姐，我，我是新来的，还不太懂，您先坐下等等，我们很专业的同事马上就过来为您讲解，好吗？”

我看一眼这个头发还处在高中时代朴质时期，没有被这个城市染成五颜六色的男孩，有一丝的心软，想：要不要留下来，看一看这款相机？但也就是片刻的犹豫，随即，对于相机品质的追求，还是战胜了我的不多的同情心。我客气地向他道别，又撒谎说：“有点儿事，一会儿再过来看看。”他却是一下子被我弄慌了，低低地恳求我：“姐姐，再坐一会儿，就一会儿，好吗？我们店里肯定有您喜欢的相机，即便是没有，也可以为您去别家调货的。”

我也低了头，不敢看他的眼睛，疾步走出店门，直奔走廊尽头的电梯而去。而他，却是不舍不弃地，跟在我的后面，一声声地，喊我“姐姐”。他的恳请，不是别家店里那种近乎地痞似的大声喊叫与拦截，他只是这样喊着我“姐姐”，并悄无声息地一路跟着，像路边的一只小猫，或者小狗。

电梯终于开了，我快速地钻进去。门关上的那一刻，我看见站在门外的他：一脸的忧伤与失落，为没有将我这样一个潜在的顾客挽留住。我看着电梯数字不断地变换，突然心中浮起一丝难过。我想起自己在外地打工的弟弟：是不是，他也曾这样苦苦地求过一个顾客？是不是，他的第一次与人交往，也曾想过以真诚而不是痞气，换来对方的好感？当他走在不属于他的城市里，是否有过与这个男孩一样，被人冷落的感伤？

忆起在北京的798艺术区看到过的一只纯种的波斯猫，很瘦，是被某个有钱的主人给遗弃了的。我不知道它究竟悄无声息地，在我身后，跟了有多久。我只知道，当我无意中回头，看到它在冰冷的傍晚被风吹起的脏兮兮的毛发，突然间就心内涌起无法抑制的悲伤。它曾经被人类无情地抛弃，可它还是因为昔日受到的一点儿好，而记得人的怀抱，并执拗地跟着我，渴盼我能将它领回家去。

我终究没有将这只流浪猫抱回去。我只是从路边的小店里，买了一瓶酸奶，放在它的面前。它温驯地看我一眼，而后低头去喝酸奶。每喝几口，它就会停下来，蹭一蹭我的鞋子。它显然是饿极了，最终埋头像个婴儿一样，香甜地啜饮着。而我——它寄希望于能将它收养的人类，就在它低头的时候，悄悄走开。

我一直没有回头，但我知道，背后，是一双忧伤的眼睛，在一直一直望着我冷硬的脊背，不肯低头再喝那瓶带了同情、也含了无情的酸奶。

这个城市的阳光，日日普照，它分给我们每一个人一样的温度与热量。可是，当我走在路上，看见那些卑微的生命，看见他们在阳光下为了一份工作、一个角色、一杯牛奶，而向另外的生命乞求的时候，我总是希望，阳光，会偏心一点儿，再偏心一点儿，一直到有足够的温暖，将他们同样具有尊严的生命，温柔地环住。

就像，一双母亲的手臂，环住柔弱女儿的肩膀。

让我们彼此依然不屑一顾

我与申相识的时候，彼此还是少年。那年，申转学而来，听说，他是因为打架早恋，被前一所学校开除了，但并没有费多大的力气，便靠着做领导的父亲帮忙，转到我们这所升学率很高的中学里来。

他一来，便成了我的同桌。我反应强烈，即刻找到老师，说无论如何也要把申从我旁边调走，否则自己宁肯站着听课。老师百般劝说，又道出其中的秘密，说：申的周围，都是如我一样一心学习、不爱废话的优秀学生，他即便想要说话，又有谁会理他呢？时间久了，他觉得无趣，自会终止一些不良的恶习，或许你们能够让他往好路上走，也不一定呢。我对老师的长远计划嗤之以鼻，我根本不相信这样一个斜眼看人的痞子会“近朱者赤”；当然，我们也不会“近墨者黑”，就是这点儿自信，让我最终停止了上诉，回到原来的座位。

他显然对我这个戴一副黑框眼镜的优秀生，同样不屑一顾。上课的时候，看见我屡次举手回答问题，很显摆的样子，他便撇撇嘴，鼻子里“哼”的一声，像是一只苍蝇触到了鼻尖。如果我答对了，老师忍不住表扬我几句，他用眼角瞥瞥我神采飞扬的脸，随即便一脸懊丧地俯身趴到桌子上去，手，很无聊地转起笔，在触到书本时，那笔发出轻微的不满的“啪啪”声。如果我自信满满地站起来，慷慨激昂地发表了一通见解，老师却完全否定了，他则得意非凡起来，不住地扫视着我，眼睛里带着那么一点点的同情和惋惜。他显然很清楚：这样的同情，最能打击我的自尊和骄傲。那一道道射过来的视线，总是百发百中地，将我鼓胀的自负刺穿，只余一副疲沓的空壳。

而我，亦是如此。许多的老师，对这样一个有背景的差生，并不买账，他们看重的只是成绩，且认定，只有学习好的学生，才能给他们带来切实的荣耀与光芒；至于申这样于升学率没有任何帮助的学生，多一个、少一个，识与不识，是没有多大的区别的。老师们在看到他“劣迹斑斑”的档案时，就已经在心里，将他当成了一团隐匿的空气。我时常在老师们射过来的冷漠的视线里士气大振，似乎，我无须费一兵一卒，便能将这个对手轻易打倒在地。我也会在课间十分钟，借让老师讲题的机会，给企图在课下招摇的他，抬手一记闷棍。

这只是小而又小的摩擦，像是高手过招前的热身，除了让我们更加地鄙视对方，并没有什么更大的作用。我一直以为，我们不过是在两条互不相干的路上走着的人，不论时光怎样流转，我们永远都不会相交。但还是有一次，两个人射出去的冷箭，在半空，擦着了彼此，迸射出冰冷刺眼的火焰。

那是在一次学期末的总结大会上，我作为优秀学生代表，上去发言。而他，则作为劣生典型，去做检讨。两个人在上下台擦肩而过的瞬间，他突然用肩头拦住我，说：“放学后，在教室里等我。”我没有理他，径直昂头走下去。但是，那天大会结束后，我还是丝毫不惧地留了下来。我想，如果能用拳头了结我们之间隐形的恩怨，我很乐意奉陪。

随着教室里的人越来越少，我们之间的空气也愈来愈紧张，我几乎闻得到浓郁的火药味，蛇一样，吐着芯子，游移过来。只需最后一个离开的人轻轻关上教室的门，一场恶战，便会爆发。

可是，并没有刀光剑影。当最后一个学生转身出门的时候，他站了起来，拿起一支粉笔，在书桌的中间，用力地画下一道线，然后将粉笔潇洒地朝后一丢，冷冷笑道："此后，我们谁都不必再丢白眼，各走各的路，各谋各的职。你有你骄傲的资本，我也有我得意的源泉。如果你非要拿你的标准鄙视我，那或许不久之后，我们也只能靠拳头解决。但是，我更希望的，是我们之间展开的，是一场'非暴力不合作运动'。"他说到这里，为自己借用的这个历史词汇，狡黠地笑了。而我，也忍不住笑道："好啊，我们此后——非暴力不合作。"

我们至此成为相互不屑一顾的陌生人，再不关注彼此。他继续他吊儿郎当的生活，我则一心往那更高处飞翔。他依然时不时地惹是生非，依然与每一个优秀的学生形同仇人，但唯独将我，完全丢进了生苔的阴湿的角落。

高三那一年，我们几乎没有说过一句话，班里的气氛始终沉闷，我连要好的朋友都懒得搭理，更不必说他这个被高考判了"无期徒刑"的差生。他早已经不学习，每日来去，只是象征性的一个形式。除了上课，他基本上不待在教室。他自有他的群落，听说，他跟每一个考学无望的学生，都混得很好，彼此间称兄道弟，很是情投意合。但在我看来，那不过是难兄难弟罢了，过不了几天，他们这群落魄的"贵族"，就会被高考"哗"地一下冲散。

暴雨很快地来了又去。发榜那天，我在学校的操场上，看到生龙活虎的一群，那领头最生猛的一个，正是申。我看着他在人群里跳上跳下，时不时地，就被挡住看不见了。我们中间，不过是隔着几十米，我却知道，那是咫尺天涯的距离，而且，无法逾越。

听说，申在父亲的奔走下，去了部队，并在那里学会了开车，技术超群，一个人在陡峭崎岖的山岭间驾驶，如履平地。他依然一副桀骜不驯的模样，即便是如此严格的部队，也没有将他的锋芒全部去掉。我们从来没有在同学聚会上相见。对于申，我们这帮在大学里混得风生水起的优生，不过形同陌路。他，不过是我们相聚时，一个偶尔提起的话题。

几年之后的一个傍晚，我在小城的某个喧闹的夜市上，又看见了申。他在一个露天的餐馆前，与一帮人，正大口地喝着扎啤。抬头的瞬间，我们的视线，蓦然相接。那一刻，我们谁都没有动，只是那样漠然地，看着马路对面的彼此，就像许多年前，我们在空荡荡的教室里，等待着人群走光，了结恩怨一样。

最终，还是申，露出一个不屑一顾的微笑，然后淡淡地收回视线，继续与人饮酒。而我，就在那样的瞬间，知道：时光再也不会给予我们相遇的机会。我们，永远都是两条路上寂寞行走的旅者。

人生中，总会有这样一些人，不会成为息息相通的朋友，亦不会变成剑拔弩张的敌人。我们只是在心灵上，彼此不屑，相互疏离。可是，能够路过，能够在别人提起的时候，漫不经心地说一句“哦，这个人，知道的”，这样一种奇怪的缘分，像是一颗偶尔硌脚的石子，或者一株绊住我们的野草，对于丰富我们单调的旅程，或者平淡无趣的记忆，未必，不是一件好事。

而一段旅程的意义，大抵就在这里。

与你偶遇在孤单的旅程

因为工作与学习的原因，每个月，我都会在北京和J城之间往返辗转。在路上，成为我生活的另一种常态。我已经习惯了坐在摇摇晃晃的K45次列车上，打开电脑，塞上耳机看电影。或者，将歌声放到最大，直至湮没了周围的喧嚣。而我的心，则随了寂寞的歌声，飞到窗外的旷野里去。很多时候，我就是这样，明明在嘈杂的人群中，却刻意地将自己封闭在壳里，并常常将这壳中的世界，看作朗朗的乾坤，并以为，除此之外，便都是如火车穿越轨道一样，单调乏味的声响。

我一度将这样的旅程，当作一种负累。如果了无歌声，我几乎不知道该如何在拥挤的人群里，挨过漫长的6个小时的车程。从晨起奔赴车站，这一天的时间，几乎都交付给了这一段旅程；而它，除了耗掉我宝贵的时间，什么都没有留下。

是的，我一直想要从这样频繁的旅程中，索取到什么。直到有一天，我不经意间回头，发现：原来，最璀璨的那片花朵，一直在自己身边；而我，却是费尽心机地，想要借助外力，远远地逃开。

是先遇到了那群新兵。他们背着统一的军绿色背包，在一个老兵的带领下，一路小跑，从车站入口处齐刷刷地站到检票口前。我当时正随了人群，漫不经心地朝前走着，不经意间向左扭头，恰与一个一脸稚气的小兵对视。他好奇地足足看了我有一分钟，才微笑着将头扭向检票口。他在看我什么呢？胸前名牌大学的校徽？散漫不经的视线？细细长长的耳机线？抑或，我的存在本身，于他，便是一种值得观望的风景？

那是我第一次亲历新兵的入伍。他们从四面八方的小城聚拢来，彼此陌生，不知道新的队伍驻扎在何处，亦不知道，谁会与自己坐在一起，谁又会成为生死与共的战友。一切在他们心里，都是远方地平线上的风景，那样遥远，又如此迷人。从离开父母亲朋的那一刻，他们的心，便随了旅程，一起上路。正是18岁的少年，一切都是新鲜，一切都是惶恐，步步都是未知的风景。而旅程中的一切，不仅仅是作为旅程，更为重要的，是作为一种印迹，嵌入了他们的青春，就像，沙子嵌入贝壳。疼痛，却也必会在日后，有闪烁的光华。

待那群素朴的新兵经过，我跟着人群，挤上火车，在忙乱中，终于找到自己的位置，安顿下行李，一抬头，看到一个女孩，正站在车窗外，努力地比画着什么。而我对面一个面容平凡、衣着粗劣的女孩，则时而抬头，视线躲闪地看向窗外，时而低头摘着劣质羽绒服上飞出的毛毛，或者衣角袖口处，新起的难堪的毛球。这是一个内向的女孩，看她臃肿的行李，便知道她定是在北京的某个地方打工，但不知为何，无功而返。而那送她的女孩，衣着干净，脸上又有刻意描画的妆容。

这是一场两个女孩间的告别。我猜测，她们或许从同一个偏远的山村走出，只是在竞争激烈的北京，她们昔日的那份真情，与悄无声息的时间一起，有了微妙的变化。其中的一个，在北京如一尾鱼，尽管也觉得渺茫无依，却有从沟渠到大海的快乐与欢欣；而另一个，终因无法适应北京残酷的节奏，像一块多余的赘肉，被飞速行走的城市毫不留情地抛开去。

而这样的分别，当是尴尬又冰凉的。就像，窗外干冷的空气，人走在其中，觉得了无依靠，清冷孤单。而就在我为这被北京丢下的女孩，觉得凄凉的时候，窗外的女孩，突然开始用力地在车窗上哈气，待其上有了一层朦胧的水汽，她快速地在玻璃上写“到家后给我电话，注意安全，路上小心”。女孩的字，写得有些稚嫩，但还是看得出，其中的每一个，都是她用了心的。她将那些无言的不舍、牵挂、想念、怜惜，全都融汇到这句很快在冷风中消散的字里。她就这样飞速地写着，哈气，而后又写，又重新哈气。她告诉车内拘谨的女孩，要照顾好自己，有事给她电话，也要记得代她向阿姨问好。对面的女孩，努力地辨识着玻璃上反写的字，又在每一行字逝去的时候，眼圈红了又红。隔着窗户，她始终没有开口说一句话，哪怕，一句谢谢。她只是用手势比画着，告诉外面的女孩：不必送了，走吧。

当火车终于在 20 分钟后启程时，女孩又追着火车，跑了一程。但很快，她和那些没有说出的话，一起被远远抛在了后面。而就在此刻，我抬头看对面的女孩，她的眼泪，在我毫无遮掩的注视下，“哗”一下流出来。

这段旅程，我想，给予她的，当是比在北京漂泊的时日，还要长久、深刻，且再也难以忘记。

那一次北京到 J 城的旅途，我依然记得清晰。整个的车厢，被返乡的民工挤得了无空隙。推车卖福州鱼丸的服务员，需要许久，才能艰难地走出一节车厢。而那些民工，因有同伴的陪同，言语，便像炸开的烟花，有肆无忌惮的喧哗，在半空中拥挤。我的耳朵，被那些听不懂的方言充斥着，直至有被连根拔起的苦痛。

那当然不是一次愉悦的旅程，窗外萧瑟寂寥，车内则是混杂喧嚣。而我，却很奇怪地，从始至终，都心怀感恩。

其实，生命中那些长长短短的旅程，寂寞也罢，喧哗也好，其中的每一段，都值得我们用力地感激，且深深地铭记。

因为，那么短的一程人生，走过已属幸运，而能够在旅程之外，看到爱与青春的影子，像窗外飞快退去的树木、一闪而过的溪流、沉默走远的山岚，谁又能说，这不是生命刻意安置的另一种偶遇？

蝉蜕

年少的时候，最喜欢做的事，便是在知了没有蜕皮之前，将它们捉了来，放入罐头瓶子里，在夏日夜晚的灯下，大人们都睡熟的时候，悄无声息地看那个瓶中的小虫，怎样静静地趴伏在光滑的玻璃上，开始它一生中最重要的蜕变。

这样的蜕变，常常是从它的脊背开始的。那条长长的缝隙裂开的时候，我几乎能够感觉到它的外壳与肌肉之间，撕扯般的疼痛。它整个的肉身，在壳中剧烈地颤抖、挣扎，却没有声息。我只听得见老式钟表在墙上发出“嘀嗒嘀嗒”的响声。蝉细细长长的腿，扒着光滑的瓶壁，努力地，却又无济于事地向上攀爬。那条脊背上的缝隙，越来越大，蝉犹如一个初生的婴儿，慢慢将新鲜柔嫩的肌肤，裸露在寂静的夜里。但我从来都等不及看它如何从透明的壳里，如一枚去了皮的动人柔软的荔枝，脱颖而出。我总是趴在桌上迷迷糊糊地睡去，及至醒来，那只蝉早已通身变成了黑色，且有了能够飞上天空的翼翅。

因此，我只有想象，那只蝉在微黄的灯下，是如何剥离青涩的壳，为了那个在阳光下飞翔的梦想，奋力地挣扎、蠕动、撕扯。应该有分娩一样的阵痛，鲜明地牵引着每一根神经。我还怀疑它会有眼泪，也会有惧怕和犹疑，不知道褪去这层壳，能否有想要的飞翔，是否会有明亮的歌声。我还曾经设想，如果某一只蝉，像年少的我一样，总是害怕大人会发现自己想要离家出走的秘密，因此惶恐不安地在刚刚走出家门时，便自动反身，那它是否会永远待在漆黑的泥土里，一直到老？

但是，这样的担忧永远都不会成真。每一只蝉，都在地下历经 10 年的黑暗，爬出地面，攀至高大梧桐或者杨树上的第二天，为了不到 3 个月的飞翔之梦，便褪去旧衣衫一样，从容不迫地将束缚身体的外壳，弃置在树干之上。

这样振翅翱翔的代价，如果蝉有思想，它们应该明白，其实称得上昂贵。但是，每年的夏日，它们依然前仆后继，义无反顾，就像每一个不想长大的孩子，最终都会被时光催促着，从视线飘忽不定、局促慌乱，到神情淡定自如、从容不迫。而这样的成长，其中所遭受的疼痛、留下的伤痕，外人永远都不能明白的苦楚，全都化作沙子，生生地嵌入贝壳的身体，而后经由岁月，化成璀璨的珍珠。

而今，我 90 后的弟弟，历经着 80 后的我曾历经的一切惶惑与迷茫。他在一所不入流的职业技术学院，学一门连授课的老师都认为毕业后即会失业的技术。他从乡村进入城市，被周围穿着时尚的同学排斥。他的那些自己尚且找不到出路的 80 后老师，根本连他的名字都记不住。他出门，被小偷尾随，偷去了手机，为了可以重新购买一个新的，他省吃俭用，从父母给的生活费里硬挤，却在一个月后，因过分节食而不幸病倒，只去趟医院就花去了几百。他在南方那个没有暖气的宿舍里，向我哭诉城市人的冷眼和没有朋友的孤单时，却未曾换来我的任何安慰，因为，我也正在为工作和论文而躁乱焦灼。

其实，我一直认定，他在走出家门，独自面对那些纷争、喧哗和吵嚷时，自有一种柔韧的力量，可以让他从外人的白眼、嘲讽与击打中，挣脱出来，就像一株柔弱的草，可以穿越冷硬的石块，甚至是坚不可摧的头骨。他或许为了获得一份真情、一碗粥饭，而抛弃昔日宝贵的颜面。或许这样之后，他依然一无所获。但是，这样的代价，犹如蝉蜕，除非他一生都缩在黑暗的壳里，否则，注定无可避免地遭遇。

我知道，而今的他，依然不能够原谅我的冷淡与无情。他一次次希望能够从我这里得到慰藉与帮助，我却置之不理，又假装对他的疼痛，一无所知，毫无感触。可是，我也知道，当他从那所名不见经传的学院里毕业，在社会上几经碰壁，受尽冷遇，然后终于寻到一份适合自己的工作的时候，他会明白我昔日的种种淡漠，不过是为了让他，在从校园到社会的这一程行走中，能够提前习惯这个俗世总是不能如意的温度。

这样的习惯，便是疼痛的蝉蜕。代价，永远都不能逃离。

逃之夭夭

读大学的时候，人渐渐失去了中学时的单纯，不再小心翼翼地凡事都遵守规则，亦不再崇尚权威，对于许多事情，常常抱有逃掉的侥幸心理。而且在这一路奔逃里，觉得刺激。似乎，逃掉老师的呵斥，逃掉门卫的检查，是件物超所值的事情。尽管，很多时候，我们不知道自己是小学课本里那头傻笨的黑熊：捡了芝麻，却丢了西瓜。

我记得曾经和朋友去苏州的园林里游玩，信奉逃票主义的我们，当然不肯从前门进入，而是兜来转去，寻到一处可以翻越过去的残墙。两个人费力跳下去的时候，被故意设置的铁丝网给绊住了，朋友划破了小腿，我的手臂也未能幸免于难，“光荣”地负了伤。但这并不是最气结的。当我们从疼痛中醒转过来，观察周围的地形时才发现，面前还有一堵更高的墙需要翻越过去。而墙的高度与其上安插的“机关”，已经超越了我们所能人工解决的范围。

两个人仰头看着顶上那一抹细长高远的蓝天，还有皇家园林古老但不失气派的城墙，突然间就失了那股子逃票走天下的气魄，想：还是臣服于皇家的森严戒备，原路返回，买票进入吧。

但就在我们重新爬上那堵破损的墙壁，准备探身跳下的时候，园林的警卫，突然面无表情地走了过来，而且，不偏不倚，在我们的下面，仰起头来。也就在那一刻，我与朋友的心里，充溢了深深的宿命感，回望过去，似乎从那逃票的初始，便已经注定了我们要历经这样的荒诞与难堪。

这样歪门邪道的逃窜，我又制造过许多次。我曾经在老师点名后，偷偷在课间逃走，去看一场华丽的舞台剧。当我在偶有灯光扫到的观众席上，边嗑瓜子，边听台上的男女主人公深情表白的时候，我不知道“魔高一尺，道高一丈”，老师正用上课时间，以测验的形式，来应对中途退场的狡猾学生。而我这样自作聪明的人，当然是在学期末的时候，被无情地判了不合格，不得不可怜兮兮地重新补考。到最后，差一点儿就丢掉了——对我的四年大学生涯具有决定性考评价值的学位证书。

我的一位同窗，是当时我们推举出的逃窜之王。但凡有他在，我们便可以看到免费的电影、话剧或者演出。他总能巧妙地逃掉重重的检查，或者寻到那进入侧门的钥匙。而他最出名的，则是一次又一次的逃爱事件。

那时的他，人长相颇佳，不似后来胖得不可收拾，再加上有一些小聪明、小浪漫，所以颇得女孩子喜欢。据说，给他写过情书的，不下十几个女孩，且一个个如花似玉，让男生们恨不能据为己有。但这位仁兄却是淘气的孩子般，打一竿子新鲜甜枣，便撂下重新找寻新的，让那些刚刚进入爱情幻境的女孩：一下子从云端处，跌落至冰冷水泥地上；心底的失落与忧伤，比之于疼痛，更加深入骨髓。

这位仁兄当然毫不介意，他在莺声燕语里，流连而不忘返，并乐此不疲，觉得爱情可以时时更新，真是没有荒废大学时光。只是他忘记那杀毒软件能够升级，病毒同样日日更新。他的逃爱功力年深日久，结了厚茧，刀枪刺入，都不见血；而那被他厌倦甩掉的女子们，也不是单纯到他一个眼神，便可以一生回味的仙子。等到后来毕业之时，他历经重重磨难，成功应聘到一家私企，正待大展身手，却不幸在上班的第一天，在老板的办公室里，发现了其中一个深爱过他，却被他无情逃掉的女孩。而这个女孩，则是老板最疼爱的宝贝女儿。

这一次，他当然是撞到了枪口上。而且那枪口锋利无比，他的逃爱武功，再如何高强，终究还是被一下子刺穿，连惨叫都没有来得及，便倒地而亡。

此位仁兄倒是善始善终，逃爱之时长了一双飞毛腿，离开老板办公室时，亦是用了逃的姿势，只不过，是抱头逃窜，犹如一只仓皇过街的老鼠。

年轻的时候，这样的小伎俩，充斥了我们被大把花不完的、雾一样的时光，重重萦绕着的生活。我们常常看不清那雾霭遮挡住的路途，以为有千万条小径可以通幽，却不知，东逃西窜，竟是一次次误入那狭仄阴暗的死胡同。到最后，不得不后退到来时的路上，重新按部就班地，寻那敞亮正途。

逃之夭夭，原本就是丢盔弃甲——人生里一场最不合算的买卖。

多年之后时光会给我们宽容

我在校园的食堂里，遇到了他们。

是新生开学的时候，食堂里挤满了来送学生的家长。橱窗里的菜，以不同的价格，或卑微或高傲地摆放着，等人来买；就像那些在餐桌旁，或惶恐或骄傲地坐着，等父母打饭来的学生。小炒的窗口旁，早已被围得水泄不通，订单已经增至 100 多份。中高价位的菜前，同样是人满为患。几乎每一位家长，在这时都出手大方，长途跋涉这么久，慰劳一下孩子与自己，理所当然，所以低价位的菜前，除了一些学生，倒是少见家长光顾。

我在高价菜的窗口，看到一个面容憔悴苍老的男人。他挤在一群西装革履、衣着光鲜的父母中间，一脸拘谨地，看着一份份的菜价。他的视线，在菜价表上，来来回回地，看了很久。最终，他指指一份鸡腿，对服务生，小声又坚定地，说："要这份。"服务生习惯性地在喧哗中，高声问他一句："您要几个鸡腿？"男人脸微微地有些红："只要一个。"话音刚落，习惯了看菜给脸色的服务生，"啪"地就将一个瘦弱的鸡腿，盛进盘中。

男人端着这一个鸡腿，又沉默迅疾地挤至另一个窗口。我买了一份牛肉黄瓜，闲闲地溜达着，在人群里搜寻着空的座位，终于在一个角落，找到了位置。我的对面，坐了一个小痞子似的男生，一身韩式打扮，戴着耳机，听的一定是 Hip-Hop，否则腿脚不会那么神经质地剧烈抖动着，犹如得了抽风。他的面前，满满当当的，全是菜：一份排骨，两个鸡翅，三根羊肉串，一个汉堡，外加一杯牛奶、一瓶可乐。这个歪戴着帽子的小男生，像一个被宠坏了的孩子，将几个盘子，铺排得满桌都是，差一点儿，就将旁边一个衣着素朴、视线飘忽的小女生，给挤得没有了位置。

女孩却似乎对于他的霸道，毫不介意，只将眼神，投向窗口拥挤的人群里去。看她与大学校园不匹配的衣饰和略略拘谨无措地表情，我便知道，这定是一个刚刚来大学报到的新生。

片刻后，那个买鸡腿的男人，便朝这边走过来。当他端着一份土豆丝、一份豆芽，坐在我身边，并将鸡腿放在女孩手边的时候，我这才知道，原来他们是一对父女。对面的小男生，依然在津津有味地品着一根羊肉串，嘴里发出有节奏的声响，似乎，美食在他，也是一种音乐的享受。

身边的男人，一直都没有话，只慢慢啃着一个馒头，夹少量的菜吃。有时候，他会将一口馒头，掰下来，放到菜汤里，蘸一蘸，而后很香地嚼着。那个鸡腿，女孩一直没有吃。男人终于开了口："凉了就不好了，赶紧吃吧。"

女孩就在这时，突然站起身，朝人群里走去。几分钟之后，她端来了一大杯扎啤，羞涩地放到男人的手边，说："爸，喝吧。"说完，又将那个鸡腿，用手，认真地撕成一小片一小片的，并把其中的一半，放到男人的面前。

男人在女孩温暖的动作里，端起酒杯，一口喝掉一半。他黑瘦的脸上，因了这喝下去的酒，即刻有了一抹慈爱的红光，亮堂堂地，将女孩环绕住。

我对面的小男生，将营养与质量皆大于这对父女午餐的东西，津津有味地全部消灭干净的时候，女孩细细拆开的那个鸡腿，还在盘中，剩了一半。小男生推开碗盘，吹着口哨，趿拉着拖鞋，走进餐厅外的阳光里去。而我，不知为何，瞥见那一堆横七竖八的骨头，心里，却浮起些微的忧伤。

我端起碗盘，起身要走的时候，看到女孩细心地拿出一小片纸，将男人滴落在衣服上的一滴菜汁擦去。男人微微笑着，说："不碍事，你把那几片鸡肉，快吃了吧。"女孩这次很温顺地，轻轻"嗯"一声，夹起鸡肉，很香很香地嚼着。而男人，也端起酒杯，红光满面地，将最后一口酒，全都倒入口中。

走出餐厅的时候，我又回头，看他们最后一眼。这一次，我瞥见，原来餐厅里，有许多对这样的父女、父子，或者母女、母子。他们与许多年前的我与父亲一样，来自偏远而贫瘠的山村，在火车刚刚驶入北京这个城市的时候，心里便开始慌乱，手足无措，并有微微的胆怯与自卑。我无法准确地预测这些来自乡村的孩子的未来，但我却从自己从容不迫、自信勇敢的脚步里知道，时光终会宽容地将他们拉上列车，与一批又一批的城市孩子们一起，去更远的地方，看更开阔的风景。

就像，许多年前，我与那个女孩一样，为卑微的父亲，在食堂里，打了一杯自己都没有品过的可乐的时候，怎么也不会想到，而今的我，站在人群之中，可以有如此明朗澄澈的笑容。

窥见你粗粝成长的弧度

朋友拍摄短片，我过去帮忙，给他挑选演员。是一部关于小孩子的电影，所以我们在一所中学门口，摆出星探的 pose，等着放学铃声响起，从水一样泄闸而出的 90 后里，挑选那些适合于不同角色的演员。

我们很快从一群有着叱咤风云举止的男孩中，锁定了一个目标。是一个神情淡漠懒散的男生，书包的带子快要耷拉到地上去了，却还是不知不觉，一个人兀自向前走着，带着不合群的孤单与骄傲，像极了朋友剧本里写的一个单亲家庭出来的孩子。

我穿过重重的人群，将他及时地拦截在门口。他刚刚跨上单车，一只脚还踩着地面，看见我一脸的微笑，便停下来，按一下车铃，代替他想要说的问题。我像个骗子一样，拿出朋友的名片和剧本简介，说：“我们要拍摄一个短片，想找演员，觉得你合适，不知你有没有兴趣？”他将名片随意地丢在车筐里，而后淡淡扫了一眼剧本的名字和内容简介。我很想知道他何时能够给予我们回复，他却没有成人的客套，只用一贯的慵懒的语气回复我说“我看看再说吧”，说完，也不等我闪身让路，便绕过我，吹着不知名字的口哨，混入人群之中。

就在我和朋友对这个干什么事情似乎都不会起劲的90后小男生失望的时候，他突然打电话过来，也不问我们是否已经招满了演员，一副知道我们在等他的样子，说已经想好了，答应出演我们需要的那个角色。

我有些为朋友担心：将这样一个重要的角色给这个明显没有团队精神的男生，是不是一个失误；假若他拍了一半，便任性不再来演，或者即便是参演，也漫不经心，那该如何是好？这种小男生，明显是不会对任何人胆怯，或者听从于任何人的使唤的。朋友却摇头，笑说："我看未必。"

短片很快进入了拍摄。无事可做的午后，我偶尔去探班，会看到那个被朋友叫作阿三的男生，在默记着台词，或者一个人对着镜子，排演着即将需要拍摄的情节。相对于其他男生的吵嚷与喧哗，他的安静，有着让人觉得不可接近的距离感。我很难猜出，朋友是如何一遍遍要求他将同一句话，在镜头前重复说上20遍，他却可以始终没有一声抱怨，或者像另外一些男生那样，摔掉台词本，转身就要走人。

我记得完整地看过其中一段影片的拍摄，讲的是：阿三所处的小团体成员为了各自的利益，牺牲了其中一个朋友的名声，导致这个男生被学校开除，阿三在洗手间里，朝那些所谓的哥们吼叫。不知何故，我与周围的人皆觉得阿三已经演得足够的投入——嗓子几乎都哑了，但朋友始终觉得缺少了几分的疼痛感，于是便让阿三一次又一次地重复着。最后，这一个短短两分钟的镜头，竟是耗费了一下午的时间，才最终通过。拍摄完毕的时候，周围的人皆一脸鲜明的怨恨，说明明没有必要拍摄这么多条，差不多就可以了，又不是去拿什么国际大奖，不过是一个20分钟的短片罢了。

而作为这场戏主角的阿三，却在散场后，用仅剩的一点儿力气，嘶哑着嗓子，问朋友他是否是一名合格的演员。朋友像一个大哥，拍拍他瘦瘦的肩膀，说："阿三，你是我遇到的最棒的演员，真的。"我在这句话后，看到阿三微笑着，躺倒在地上，闭上眼睛，竟是片刻，便响起了轻微的鼾声。

16 岁的阿三，和电影里的角色一样，出身于单亲家庭，父母各自有了新的归宿，他在母亲的新家里，有无所适从的恐慌，却是用冷硬的表情和轻狂的举止，掩藏住内心的孤单与对温暖的渴求。而一眼看穿了他的伪装的朋友，则用不着痕迹的关爱，让他慢慢地褪下那层坚硬的外壳，将一颗被冰冻了许久的热烈的心，捧出来，给值得他付出的人看。

短片剪辑的第一个版本出来的时候，我过去看。在黑暗的小小的放映室里，我在屏幕上又看到那个已经许久没有遇见过的阿三。他的第一个镜头，竟是面对着镜头微笑的特写。那样浅淡的笑容，因为近到可以触摸，隔着时空看过去，总感觉有一丝的疏离。就像他原本应该满不在乎，应该在排练时跟朋友耍小孩子脾气，应该迟到早退，应该对微薄的报酬斤斤计较，应该嘻嘻哈哈，应该得意忘形，这才是 90 后的阿三所应具有的表情。

但我还是从这样少有的微笑里，看清了这个小男生，在左冲右突的青春烦恼里，隐藏住的柔韧的光华。是这样的温度，让他于最叛逆的少年时光，可以如一株山野里的柏树，或者梧桐，旁若无人地生长，一直将那稚嫩的枝条，冲出藤蔓的缠绕，或者其他枝杈的阻碍，成为那插入蓝天的张扬的主干。

而这，便是像阿三一样孤单的少年，成长的粗粝的弧度。

当年校草已黯然

唐是我们大学时当之无愧的校草，当年追求他的女生估计有一个加强连。连带着我们班里的同学也跟着他饱了眼福，天天看到美女在教室门口火辣辣地逡巡。但唐却是从来都不正眼看一下，总是高昂着头，摆一冷酷的姿势，与美女们擦肩而过。

班里的男生们因此便嫉妒，说：饱汉不知饿汉饥，看他那得意小样，小心哪天发了福，失了这身好皮囊，站在大街上，跪地哀求都没有女人理。唐当然不介意男生们的风言风语，照例我行我素，一副孤傲清高的模样。

但恰恰是唐这样的淡漠表情，反而惹来更多女生的热烈追捧，到最后，发展到围追堵截，严重影响了唐的日常生活。唐除了尽快找个女友，结束单身，贴上名草有主的标签，别无选择。

唐很快地找了第一任女友，成了人家的专职“打水工”，兼贴身保镖。其实，大家都看得出来，是女孩保护了他，让他免遭被众美女围攻的危险。这时的唐，站在人群里，依然是鹤立鸡群般地出众。常常一眼看过去，便能毫不费力地将焦点锁定在他的身上。

而唐显然也知道自己这样的优势依然夺人眼球，所以在女友面前，从来都不卑躬屈膝；每次吵架，都要无理争三分，非要那女朋友，哭哭啼啼地求他回心转意不可。这样的好面子，让这场看上去还算郎才女貌的爱情，很快便夭折了。

爱情夭折后的唐，继续挺直了腰板，在人群里走路。但不管他怎样扮酷，看上去总是少了一点儿什么。好似一朵摘下来被人百般爱抚过的玫瑰，怎么看都是褪了色，不复昔日的新鲜。

所以那时，我们大家常常调侃，说男人也与女人一样，有保险期，一旦拆封用过，离枯萎的时日，便不远了。但唐自己不觉得，依然是茂密昌盛地站立在人群中，大有一种发福的将军挺肚巡视的英勇。

始终坚持不“打折”的唐，倒是像商店里的商品，或者金融危机前的美元，坚挺风光了好一阵子。他也借此谈了一场又一场风花雪月的爱情，享尽了那些长相歪瓜裂枣的男生们可望而不可即的丰美时光。

两年后，我们大学毕业，唐便成为BBS、校友录或者开心网上的热门人物。每每闲极无聊，大家总会八卦一阵，说起唐当年让人过目难忘的风流英姿，又用毕业后与他交往的点滴，拼凑出一个变化中的唐。

那时，我是唯一一个与唐距离最近的同学，所以也便担负了唐对外发言人的不二人选。常常就有当年对唐的淡然耿耿于怀的女生八卦问我：而今的唐，还有没有昔日一马平川看过去，瞬间击中人眼球的魔力？也有男生依然嫉妒，说：而今的唐，被工作折磨着，怕是没有了那种闲庭信步便引来无数美女的魅力了吧？

终于抽出空闲，为了不辜负众多同学的期望，打算会会刚刚当了父亲的唐，将一个全面的他报道给大家。唐不知来意，只以为是老同学聚聚，便很快答应见面。但在具体接头地点上，这位一向干脆利落的帅哥，却是磨叽起来，一会儿说在地铁口，一会儿说在婴儿用品专卖店，一会儿又说在公司门口。最后，还是我一口咬定，在婴儿用品专卖店好，一则顺路，二则可以给他的宝贝儿子买点东西。唐犹豫一阵儿，这才答应下来。

我早早便到了专卖店，等待与唐见面。门口恰好是个公交站牌，来往的行人很多，我目不转睛地盯着车上下来的那些与帅气稍微沾点边的男人，一个一个地检阅、过滤，试图寻找到与唐有关的点滴影子。但是，时间一分一秒地过去，我所要寻找的仪表堂堂的校草却始终没有出现。我终于不耐烦，给唐打电话。手机声响起的时候，距我几米远的地方，一个形容晦暗、穿着马虎的男人也同时拿出了手机，并且对着话筒喊出了我的名字。

我几乎吃惊地几步跨过去，对着这个稍稍有些驼背的男人，迟疑地喊出“唐”。而唐，这才抬头，看到我，一边兴奋一边抱怨：“我都等美女半个小时了。”当我说我也已经等了半个小时却始终没有寻到他的影子时，他的眼睛里一下子有些黯然，说：“当年你可是在人群里一眼便能够将我这头号帅哥揪出来啊。”我一耸肩，说：“可是，头号帅哥怎么现在看起来有点衰呢？”

而接下来唐的表现，更是出乎我的意料。这个总是胸有成竹的男人，不知是因为做了父亲变得胆怯，还是因为有了老婆凡事都不敢自作主张，不过是买一个小孩的奶瓶，竟是千般比较、万般挑选，又打电话向老婆请示，又跟店主费尽口舌，磨蹭了近半个小时，这才买下一款。

我站在唐的旁边，怎么看都觉得唐变得矮了。一路被风吹得略显蓬乱的头发，遮住了他的眼睛，也遮住了我看往校草正当茂盛时的路途。

原来，时光真是个残酷的东西，它粗粝的风沙吹过来，我们曾经热爱过的校草，就这样覆上了风尘，在我们的视域中，有了黯然的裂痕。

痴缠

在初春的月亮下走路，常会看到自己的影子，不紧不慢地跟着我的脚步，穿过路灯的昏黄，经过一家即将打烊的花店，越过一片小小的树林，掠过一只机警的野猫，抚过在风中飞旋的落叶。我很轻很轻地走，犹如一只夜间出行的蚂蚁。我甚至不敢回头，怕我的影子，受了惊吓，躲进某片灌木丛里，且再也不肯陪我度过那些孤单行路的夜晚。

年少的时候，那么害怕自己的影子。它不会吵闹，也不会说笑；它没有温度，也没有魂魄。它的存在，倘若还有意义，也只是提醒我：相比于别人闪耀的光环和成群的朋友，我是卑微又落寞的。形影相怜，说得多么恰切。于是，我试图摆脱，在光亮的地方飞快地走，或者沿着可以隐去影子的墙根，悄无声息地走。我甚至祈祷，求影子不要再来追赶，我要奔向那明亮华丽的前方，我要挤进热闹光鲜的人群，我要一切热浪般袭来的视线与关注。

我却一路孤独地，在青春的路上，走了一程又一程，无人相伴，除了永不会开口说话的影子。记得那时曾经爱过一个人，很爱很爱，可是他并不知晓。我像一个影子，跟在他的身后，注视着光芒四射的他，在人群里穿梭来去。我知道他的一切，细致到他耳郭后一颗小小的痣，我都记得清晰。我常常就在放学的路上，偷偷地跟着他，拐过一条又一条小巷，直到最后，我跟丢了他。下雪天的时候，我会踩着他留在雪地上的脚印，一下一下，清晰无误。透过厚厚的鞋子，我却能够感触到他脚掌心的温度，是湿漉漉的，带着玉石一样的温润。当我踩着那些脚印，在纷飞的雪中行走，我几乎有幸福的晕眩。

这样的影子的角色，我扮演了三年。毕业后，我们各走天涯，不曾再见。我却再也难忘，那些雪夜的灯光下，我跟在一个从未注意过自己的男生后面，怀揣着满满的幸福和希望，温暖走过的时光。

此后的许多年，为了俗世中人人都想得到的梦想，奔波行走，却渐渐在喧哗的人群中，守着那些只是拿来炫耀的荣光，觉得疲惫：它们给我带来了别人不可企及的光环，却也让我失去了曾经只有影子相伴而行的静寂与淡然。我又开始找寻自己的影子，在寂静的夜晚，在一株树疏朗的枝干间，在路人倏忽而逝的柏油路上，在看得到点点灯光的高楼的阳台上。我想念着我的影子，犹如想念着一个失去音讯已久的朋友，或者爱人。我期待着它重新回到我的身边，给我任何人都无法给予的灵魂的静谧与妥帖。

我在躁动不安中找了许久，也等了许久，它却迟迟不肯过来见我。直到初春的一个夜晚，我在将城市的噪音与尘埃一重重隔开的树林里，看到一棵高大的桐树。那株树已经枯萎了很久，它的枝杈在半空中，随了冷风，微微地颤动，不知是冷，还是因为惧怕与惶惑。它的身边，偶尔会有一只野猫，“嗖”地一下穿过，即刻便不见了踪影；再或，一只飞鸟，停驻片刻，终究觉得孤寒，振翅飞去。这是一株在生命气息浓郁的丛林中，寻不到丝毫复苏迹象的枯树。它的存在，在尘世间，似乎已经了无意义。

可是，就在我绕过它，打算离去的时候，我突然看到了落在它身上的另一株大树的影子。那是一株生命力旺盛到已经顶着寒风，开始绽放出美丽花朵的桐树。它在月光下，散发着一种迷人的葱郁的光泽，而且带着桐花蜜甜芬芳的味道。月光斜射下来，它挺拔的影子，就这样温柔地落在对面那株枯萎沉寂的树上，犹如一棵藤蔓，温柔地、爱怜地、忧伤地缠绕依偎着它。

就在那一刻，我终于知道，原来影子也是有温度和灵魂的。它们穿越白日浮躁的尘埃，在有月光的冬日或者初春的夜晚，用这样无人知晓的方式，痴缠地守护着一株曾经有过风华的桐树。

就像，年少时的我，曾那样热烈地、无悔地做过一个男生的影子。

站在我光环下的你

他从小便生长在我的光环里，说不清是悲是喜，就那样悄无声息地行走，看着身旁我轰隆隆碾过的得意的车轮。

我读大学的时候，他才刚刚小学毕业，没有考入重点中学，有人见了便嬉笑说："你姐姐当初读的可是最好的初中，你念的这所，她看都看不上眼呢。"他也不争辩，白人家一眼，便用力地甩一下书包，"嗖"一下跨上车走人。那车也是破旧的，他几次央求家人要辆新的，可是无用，父母总会冷冷丢给他一句："你姐姐当初还没车可骑呢，不照样进了最好的中学，而且年年考试第一？"他不再言语，只拿起气管，"哼哧哼哧"地给车打气，好像将自己心里的怨怒，也一并充入其中。

他在学校里遇到的老师，有听说过我的，上课的时候看他开小差、偷偷听流行歌曲，便用教鞭敲他的脑袋，挖苦他说："你和你姐姐是一个爹妈生的孩子，怎么差别就那么大呢？"他红了脸，将 CD 机关掉，耳机却是塞在耳朵里，始终不肯摘下。下课后，有同学围拢过来，将一本最新的杂志放在他面前，指着上面我的笔名，说："看，你姐姐又发表文章了，写得好棒呢！

你那些经常被老师念的文章，不会是她替你写的吧？或者，是将你姐姐读书时的作文拿出来抄了一下？”他并不气，拿过杂志，翻到我的那篇文章，趴在书桌上，默默地看完，而后起身去还。

我和他很少说话。放假回家的时候，看到我来，他都不会喊一声“姐姐”，却会在父母不在家的时候，笨手笨脚地去厨房做饭，烧了稀粥，炒了青菜，还用油炸了丸子。我坐在沙发上看书，他便端过来，说：“吃吧。”父母回来，看到他烧的饭菜，尝一口，说：“真咸，怎么能吃？”我替他解围：“比我做的好吃多了。”父亲便瞪眼：“做饭再好吃管什么用？学习要有你一半好，我们也知足了。”

我在家的时候，他与父母发生冲突的概率也高。常常便不知怎么，他就和他们争吵起来。他不是那种叛逆到跟父母气势汹汹吵闹的孩子，他只是争辩两句，便出了家门。家人从不去找他，也知道他没有钱，根本走不远，顶多是在小城里游逛到天黑，而后踩着稀薄的月光，寂寞地走回家去。开门后，他会自己去厨房里找吃的，剥一根大葱，啃一个凉了的馒头，老鼠一样“咯吱咯吱”吃完了，便上床睡觉。

有时候，我会背着父母出去寻他。在家门口父母不会经过的小巷子里，他坐在石凳上，低头用一根树枝胡乱地画着什么。我劝他起来回家，他始终不肯，只说：“让我一个人待会儿。”我只好走开，听见后面“啪嗒啪嗒”的有脚步声，回头，却看到一只毛色灰暗的流浪狗，停住了，用忧伤的目光，安静注视着我。我的心突然很疼，不忍再看，扭头走开。

年龄愈大，我们的话语愈少。后来，他用几十块钱，从同学手里买了二手手机，开始发短信给我。为了省钱，每一条短信都会很长。而我因为懒惰，回复给他的，常常很短。大多是学习中的苦恼，或者与父母的矛盾，我总是教育多过沟通。他便淡淡回一句：看来你也不能真正理解我。我并不计较，删掉短信，继续自己的城市之旅，将不知如何寻到出路的他，丢弃在小城。

他的 QQ 头像，一直挂在我的 QQ 上面，灰色的头像，从未亮起，但签名档里，却总是会更新。也不知是不是写给我看，忽而明亮自信，忽而烦恼厌世。有时，他会留言给我，碰到我在，也不多言，得到回复，便即刻止住，说："姐姐你忙，不扰。"我总是千篇一律地叮嘱："在父母面前多说几句好话，让他们高兴，你也不会缺了什么，以后出门读书，想听唠叨，怕是还寻不着。"他从不回复我这样的说教，也不知是已经关机出了网吧，还是根本不愿提及这个话题。

有一天在家，我无意中进入他的卧室，打开床前的抽屉，看到一本厚厚的留言册。心内好奇，打开来看，一页页地翻过去，心内便生出丝丝的疼痛，犹如一把小刀，面无表情地割着我的手臂。几乎每隔两页，便会看到别人给他的留言里，千篇一律地写着：真羡慕你，有一个如此优秀的姐姐，有她一路帮扶着，想必你也会有美好幸福的未来。留言册的下面，是一本一本的杂志，我的文字，在其中光芒闪烁。而我出过的第一本书，也不知他从哪儿买到，已经翻看得书页脱落，却在抽屉的最里面，以它夺目的光泽，将他整个的年少时光，霸道地笼罩。

突然想念十岁以前的他，送我上学，在雨后的泥地里走。我载不动他，他便"啪"一下跳下车去，踩着软泥，在小路上一边奋力飞奔，一边回头看我，而且兴奋地大喊："姐姐，快点儿骑啊！你追不上我啦！"我看着他两条瘦瘦的小腿，犹如一只鸟儿的翼翅，自由地在风中拍打，心底的温情，慢慢膨胀，成为一朵大大的棉花糖。

那段记忆，我写入了书里。我知道总有一天，他会看到。而我也会看到，他褪掉沉重的外壳，如一只蓬勃的大鸟，毫不犹豫地，飞离我锐利冷硬的光环。

华丽流转梦依然

我始终觉得，人需要电影院，就像是梦需要夜晚一样，总要有个地方，让我们的灵魂落脚。哪怕，你在那一束暧昧的光线下，发呆，遐想，睡觉，或者醉翁之意不在酒，将湿漉漉的一只手，犹豫着伸向旁边暗恋许久的女孩。当所有的灯光熄灭，宽大的炭幕上，开启一场场华丽缤纷的人生，那些繁杂芜乱的世事、鸡零狗碎的烦恼、尔虞我诈的争斗，且都让它们像电影的一个镜头，隐去吧。

我最怀念的，是读本科时的电影院。当时的大学，坐落在一个远离城市繁华的小城里。一所大学，两家医院，三个超市，几条跑着人力三轮的小街。对着青石板路，你前脚刚过，后面便有人泼出洗脸水来。广场上不到十点，便人影寥落、灯光清冷。几处年代久远的历史遗迹，除了偶尔的几个游客，基本上，被人遗忘。这几乎便是小城的全部。所以，当我在读大学后的第一个星期，发现了那家在不显眼处的电影院时，那种欣喜，绝不亚于当年哥伦布发现了新大陆，恨不能即刻将这小块地圈了去，归自己所有。

电影院的生意，算不上好。每次去，都是稀稀拉拉的十几个人，东一片，西一片的，像是营养不良的一亩田，无人经营，便荒掉了。但于我这类影痴，倒是好事。可以在灯熄灭的时候，偷偷溜到后排的包厢里去，舒舒服服地享受一场视觉的盛宴。若是赶上一个烂片，看得昏昏欲睡，而隔壁恰好是一对热恋中的情侣，那倒有幸赏听到另外一场好戏：且不说连绵不绝的亲吻、打情骂俏的引逗，即便是旁边了无声息，只斜眼看底下两只踢来荡去的缠绵的脚，也足够让你心驰神往，不知不觉间，便将眼与耳，全都侧了去。

如果心血来潮，赶去看通宵，那最后两排的包厢，绝对是最好的去处，甚至比宿舍的硬板床还要舒服，伴着港台片女星发嗲的痴怨和旁边已经响起许久的男人的呼噜，上下眼皮轻轻一吻，便飞快入了梦乡。常常是两三点，电影院会有人，拿了手电筒，挨个照过来，查有没有买包厢的票。我早已习惯查票人的规律，知道那个睡眼惺忪的男人，过不了片刻，便会返回房去休息，所以看他晃动着手电，“叽叽咕咕”地走过来时，便一猫身，转到前排的“硬座”上去，等他的灯光远了，又一个轻盈的“跨栏”，回到梦还没有消逝的“软卧”里来。

但这也只是淡季的待遇。倘若赶上周末，学校里恋爱的男女无处可去，全奔了过来，我也只有望“床”兴叹的份儿。此时的电影院，像是一个热闹的杂技场，嗑瓜子的，嚼槟榔的，吃冰激凌的，趁着电影开场前十分钟谈情说爱的，街头小混混与校内混世王互相打量着打算干一架的，谁家的小孩走丢了哭闹着找妈妈，全在这暂时的舞台上，亮了相。那一刻的荧幕，倒是隐退了，成为可有可无的配角。等到灯光倏然熄灭，舞台便移了位，下面喧闹的一群，终于接到命令似的，集体噤了声。但那嗑瓜子的声音，还是会像一只老鼠啃啮般，无休止地继续下去。

人多自有人多的好处。若是电影精彩，那好，便因了下面的喊叫声，涟漪似的一层层扩散开来。假若电影很烂，女星哭得矫情，男星替身露出破绽，那台下的嬉笑怒骂声，亦会让这部可怜的电影，又要随了男女主角跳楼的羞愧。等到电影散场，白亮的灯光次第开启，女生的脸上一片潮红，男生手心里沁出汗来，木椅翻转，脚下更是“咯吱咯吱”的如一场好年景的雪。那厚厚的瓜子壳，踩踏上去，将那电影里没有做完的梦，又温暖地延续下去。我喜欢那种寂寥空落的感觉，意犹未尽里，带着一点点惆怅，就像——一个还没有做完，便被人吵醒了的梦。

像是所有俗烂的小说里的情节，我与男友的爱情，就是开始于电影院。从最初黑暗中种种的试探、犹疑，到不怀好意地专拣火辣的情爱片去看，再到后来，厚着脸皮在漆黑中一双双陌生人的眼睛扫视下，公然地学了电影中的男女，亲来吻去，我与男友的爱情，也终于在流转的光影里，瓜熟蒂落。我依然记得我们看过的第一场电影，是韩国小生张东健主演的《让我们接吻吧》，尽管电影纯洁到只有最后隔着玻璃的深情一吻，但两个人依然看得脸红心跳，且没有抵挡住此片的名字带给我们的致命诱惑，于慌乱中，有了人生中的初吻。及至后来看各国浪漫爱情电影，我们早已能够练到从容不迫地边用一只眼看着电影，边用另一只眼含情脉脉地彼此对望着了。

大学毕业的时候，我和男友去看了最后一部电影——法国的《新桥恋人》。当男女主角在塞纳河上狂舞的时候，我知道，那舞尽后的怅惘，将不复再来。

而今，我来到北京，可以在更豪华的影院里，看更多精美的大片。但昂贵的电影票，也让这种享受成为月末的奢侈品。于是，开始疯狂地买碟，而后在每个晚上，习惯性地打开电脑，放入碟片，于炽白的灯光下，看到哈欠连连。

后来偶尔路过小城，看见电影院的门口：懒散地织着毛衣的女人；阿猫阿狗，自由地出入，寻着掉落在椅间的爆米花，或者巧克力；墙上的黑板上，依然标着“2元一场/学生半价/通宵5元”的字样。而隔音效果不好的影院里，正传出小马哥义薄云天的呼喊声。那一刻，我终于知道，我所怀念的东西，依然在流光溢彩中，如一株树，安静地在角落里生长。

而知道梦还温暖地安放在那里，就好。

出逃

一直都想要出逃，在我还是个孩子的时候。

那时，总觉得世界很大，而自己那么渺小。于是，我要计划一场浪漫奔放的出逃，来让所有人突然间想起我的存在。我要悄无声息地溜出充斥着父母争吵的庭院。我的书包里没有书和文具，只有我收藏的糖纸、火花、泥人、知了壳。我带着它们，飞奔出小巷，避开有人行走的大道，沿着人家的一排排房子，穿越河沟与树林，走上那条通往外面世界的残破的公路。

我会不回头地走到再也看不见小镇的炊烟，或者听不见那里沸腾的人语。父母当然追不上我，他们的车子速度很快，却与我出逃的方向背道而驰。所以，我不会再惧怕他们的吼叫、呵斥，甚至是巴掌；也不担心父亲会从天而降，站在我的面前，将我的去路蛮横拦住。我漫无目的地前进，却不会觉得心内惶恐。那一刻，我是个没有人能够阻挡、威慑的勇敢的孩子。

可是，这样的计划，却总是被人一次次近乎粗暴地干涉或者消灭。曾经因为考试没有得到父母期待的奖品，我在他们的讽刺中逃出家门。可是不过走了有十分钟，镇上一个多嘴的女人就飞奔到我们家去告状，说看到形迹可疑的我，正穿越大片的麦田，朝东南方向而去。父亲即刻跳上车子，呼啸着冲我的方向飞驰。我远远地看到他一脸的狰狞，嘴里气势汹汹地骂着什么，心里便知道这次又逃不掉了，除了羞耻地举手朝大人们投降，我根本无路可去。

后来，我终于凭借着读书，逃出了小城。我以为自己会在城市里自由穿梭来往，不再有想要出逃的欲望。可是，我发现城市依然不是心灵的家园，这里有车水马龙，有高楼大厦，有疯狂物欲，却唯独没有灵魂栖息的一小片绿荫。我记得那时的自己，一次次逃出城市，独自去乡村旅行。我任由自己的灵魂，放逐在山野，犹如一只飞出笼子的鸟儿。我享受这样的孤单，并不希望任何人来扰。

可是依然不能如愿。我要拿毕业证书，要寻一份养家糊口的工作，要找一个有本事的男人嫁掉，要有一个以平方米来计算价值的房子，要以车代步，要为了所谓的社会地位拼命地向上走。而所有的这些，都不允许我选择出逃。

有一天，我在城市的某个角落，看见一群人围捕一只跌跌撞撞飞行的金丝雀。据说那是一只名贵的鸟儿，不知是被哪个粗心的主人，无意中打开了笼子，于是它忽然与我一样，向往起那片一直透过笼子无聊观望的蓝天，并撞开主人的手，一下子飞向了梦想中的自由的天空。但它很快遭遇了一场风雨，失掉了继续飞行的力气，而后又邂逅许多人家窗台上曾经与它一样衣食无忧的同类，它们皆嘲笑它："瞧那个特立独行的家伙，它以为自己是什么呢，勇猛的雄鹰还是不值钱的山雀？不过是个适应了城市生活的金丝雀罢了！"

它起初还坚持着不输掉那点儿坚强与气节，要将出逃持续到底，直至自己变成一只翱翔的山鹰。可是，还没有等它完全逃出这一片喧嚣嘈杂的城市，它就被那些认出它的世俗价值的人类，给兴奋地驱赶着、追捕着、喊叫着。它飞上了电线，却发现电线在大风中摇晃。它站在某个写字楼的窗台上，却被人猛地推开窗户，撞了出去。它想要飞出人的吵嚷，却发现那几乎是一片无处逃脱的声音的海洋。慌乱之中，它撞在一棵树上，若不是有树干靠下来，几乎毫无疑问地，它会被人类再次捉住，放入笼中。

几天后，我路过那株长在城市中的寂寞的法桐，看到树干上趴着一只金丝雀，我拿起树枝，试图驱赶它，它却丝毫不动。最后，我终于发现它已经奄奄一息，饿死在曾经向往的枝头。

那一刻，我走在城市拥挤的街头，去赶最后一班的公交回家。我的身体，因为一周来的劳累，已经疲惫到极点。除了想要睡觉，我没有了任何出逃的计划。

也就在那时，我知道自己与这只金丝雀一样，再也逃不掉了。

看一只蚂蚁，大约跟看一会儿天空一样，是乡下人永远不会厌倦的习惯。因为天空一直都在那里，会比人类还要长久地存在下去；而蚂蚁们呢，也地老天荒般地在大地上奔来走去，没有休止，也永无绝灭。

乡村·记忆

留在村庄里的人们

在白大路村的窑洞里，遇到祖孙两代人。

村民都已搬迁到山下明亮的砖瓦房里了，只有两位老人，因为习惯了杏林掩映下的窑洞，便一直留了下来。尽管窑洞有些旧了，但是他们又粉刷了墙面，并将依山而建、没有院墙的院子，收拾得干干净净。从山下开车上来，要十几分钟。汽车在曲折的山间小路上兜兜转转，忽然间就驶入这片开阔平坦的庭院，便很有闯入世外桃源般的“豁然开朗”。尽管庭院遗世独立般地隐匿在杏林之中，但因有二十多只鸡、一只健硕的大狗、一头哼哼唧唧的母猪、飞来飞去的鸟儿、一个十七八岁的少年和一对六十多岁的老夫妇，便陡然有了生机。

每年寒暑假，少年都会来山里陪爷爷奶奶。见我们来，少年有些羞涩，打了招呼，便转身不知去向。十几分钟后，他拎了一大袋黄杏进屋。那杏都是纯天然的，没有打药，所以许多掰开来，会看到小小的虫子。我小心地将虫子剔掉，咬一口，酸甜可口，美味极了。而更多的杏，因为来不及采摘，或者被鸟啄食、被虫啃噬，纷纷坠落在地，他们便捡了，堆在粗陶大瓮里任

其腐烂后，再将杏仁挑拣出来，积攒多了，拿去山下卖掉。

在我们跟老人聊天的时候，男孩更多的是蹲在墙根下，看着对面绿意葱茏的大山发呆。我猜想，那时的他，什么也不想。关于高考，关于在镇上边打工边陪读的父亲，关于做村干部的母亲，关于手机里喧哗的微信，或者网上年轻人追逐的明星八卦，他统统不关心。天空蓝得像无边无际的海洋，云朵是大片大片的，他就像某一片自由舒展的云，在难得的暑假，飘回这片世外桃源中，安静幸福地发一会儿呆。至于我们这些路人，当然更与他无关。所以我们聊些什么，都不在他的关注视线之内。甚至我问他成绩如何，明年是否有信心考入大学，他也只是羞涩地笑笑，回复我一句“还行”，就不再多言。其实，我也很想像他一样，蹲在阳光盛烈的墙根下，看着面前亘古不变的山林，而后慵懒地融进这纯粹深邃的蓝色、绿色、白色和金色之中。

男孩的爷爷是村里的小学老师，在这山村里教了一辈子书，老了，依然哪儿也不想去，还是守着这一片日渐茂盛起来的大山，日复一日地安静过着。日常生活在这里，犹如深蓝天空下的云朵，有亘古不变的白和永恒不逝的美。

一切似乎都是千篇一律的。人生中的起伏，犹如一滴水，落入广袤的大地，什么也没有留下，便消失不见。可恰恰是这样单调的咏叹调一样的重复，才保持着人生中可贵的静寂。外界在怎样喧哗骚动，甚至男孩的父亲在镇上挣了多少钱，有着怎样与他们不同的热闹的生活，都与他们这一代老去的人无关。他们只想守着这一片树木繁茂的大山，守着这几十年住过的旧窑洞，就像一枚秋天的山杏，即便是腐烂坠落，也要投入大地的怀抱。

秋天里的决明子

在决明子只是一种野生的会开花的植物，而不是我们眼里可以换点零钱和针头线脑之类的药材之前，它们是最不被人注意的生命。也不知从什么时候起，它们就在村子所有闲置的泥土上，茂盛地、一丛一丛地生长起来。不管是砍了还是烧了，第二年春天，那泥土里又长出了新的决明子，野草一样一簇簇地挤满了山坡、沟垄、墙角或者掩埋垃圾的深坑。它们随处可见，生命力旺盛到甚至让人产生厌倦。

可是，村子里忽然有人来收购决明子的那年秋天，一切便都变了模样。决明子，在我们的眼里，第一次成了可以换来货郎鼓老头箱子里所有好玩东西的宝贝。于是，母亲和其他的女人一样，给我和姐姐一人缝制了一个大大的口袋。那口袋是将化肥袋子拦腰截断，拴上两根绳子，而后系在腰上的，这样方便两只手都解放出来采摘决明子。工具准备完备之后，我便跟着姐姐，像外出郊游一样，欢天喜地地出了门，朝大片大片生长着决明子的南坡跑去。

一切都在蓝色的天空下散发着成熟的味道，好像一个肚子高高隆起的孕妇，浑身每一个细胞都韵味十足。风吹起大地上的落叶，将它们卷到沟渠里，或者大道边。闲着没事的老太太们，会将落叶收集起来，用麻袋背回家去烧锅。我一边采着决明子，一边想：如果云朵也有用的话，比如可以用来裁剪漂亮的衣服或者裙子，再或可以挂在窗户上做窗帘，像棉絮一样做一件棉袄也好，那么，秋天的乡下，一定也会拥满了采摘云朵的人。

秋天的风是多么舒适啊，我几乎想要将它收集起来，存到炎热的夏天去用。就像可以将决明子储存到枕头里，枕一个又一个的四季一样。据说采摘的决明子是被卖到城市里做药材的，那么，那些需要决明子来明目或者降压的人，会不会闻到秋风的味道呢？或者是，男孩女孩们隔着大片的决明子，相互传递爱慕的甜蜜？泥土湿润的气息，万物成熟时汇聚在一起的浓郁的味道，在浸泡的决明子茶里，会不会清晰地浮现？如果都不能够，决明子只是在药店里成为一种药，而不是植物或者神秘的生命，那将是多么无趣啊！

在我为这些虚无缥缈的事情惆怅的时候，我的姐姐，正避开我的视线，装作无意地，朝一个高个子男孩慢慢地走过去。当然，她的手里，并没有闲着。但是，在我看来，那一刻她采摘决明子的动作，完全是为了掩人耳目。她喜欢上了那个高个子男孩，她来之前之所以在镜子前打扮半个小时，连袜子、内衣都提前一个星期洗了，精心地收起来，并因此挨母亲一顿臭骂，不过是为了这一刻，她在他的面前，能够更美一些。那时，我并不懂得美是什么，可是在那个阳光明亮的午后，看见姐姐穿着火红色的衣服，犹如热烈的晚霞，朝着男孩飘去，我还是因姐姐的美，惊讶得忘记了自己应该去做什么，才不至于让姐姐在以后怨恨我窥视她内心的秘密。

我并不知道那个男孩的名字，只从他归去的方向，判断他来自邻村。而姐姐，就这样在我的严密监视下，不管不顾地爱上了一个陌生的男孩，以至于最后对我视而不见，见到他，直接奔跑过去，站在高高的决明子丛中，跟他说一些细碎的话。当然，他们在说话的时候，是装作熟人一样，漫不经心地一边采摘决明子、一边假装无意中碰到而寒暄的。

决明子原来还有爱情的味道，这是我第一次从陷入朦胧爱情中的姐姐身上发现的。这种味道，跟村里成年男女的调情完全不同。它浓郁而且纯净，热烈而又清新，是初恋的芬芳，是尚未得到爱情之前的梦幻与深情。

隔着十几米的距离，我站在大片大片的决明子丛中，看着姐姐羞涩地抬头仰望着她心中的爱情。忽然，我的脸红了，好像，是我自己陷入了爱情里。

如果姐姐讨好我，给我一块糖，我一定边吃边告诉她，我不会向父母提及与这件事有关的任何细节。

我将一串决明子放入袋子里，很认真地这样想。

乡下的狗

村子里的狗，跟人一样，一茬接一茬。

狗老了，走不动了，又有新的狗生出来，继续接替那老狗，在大街上穿梭往来。老的狗常常跟老的人一起，在冬天的自家院子里，或者院墙根下，寂寞地蹲着。老人抽着烟袋，抽一口，烟雾要吐上许久，好像旱烟也临近暮年，行动迟缓。那老狗就笼罩在烟雾里，有些面目模糊。一切都是安静的，晒干的玉米秸被正午的风吹着，发出簌簌的响声。老人的喉咙里好像有痰，上不来，也下不去，就在那里耽搁着，于是呼吸的时候，便有“呼噜呼噜”的声音。人旁边卧躺着的老狗也是，它喘气有些费力；瘦得只剩下一张皮似的身体，有气无力地随着喘息声上下浮动，好像一张漂在河里的腐朽的树皮。临近暮年的老狗，也一定正在朝一条河流走去，那河流会渡它到另外一个安静的地方去，那里没有村子里的喧嚣，也没有炊烟与食物，却是美好静寂的。

濒临死亡的狗，比人更为淡定。它们也有子女，但很少眷恋。所以，狗的眼睛里，就少一些纠结与痛苦。身体上的疼痛，也只是让它们抽搐一下，或者哼哼两声，随即便将自己隐匿在无声无息之中。人老了，只要还有一息尚存，就会怀疑儿女不孝，担心棺材寿衣质量不佳，忧虑田产房子如何分配。絮叨多了，会让人生厌。于是，年轻的人就离暮气沉沉的人远远的，有时候经过他们的门前，还掩着鼻，好像那房间里有一股怪味。年老的狗从不遭人反感，它们很自觉地躲得远远的，卧在某个不会让人注意的角落里。苍蝇慢慢地盯住了它们，“嗡嗡”地叫着，落在它们毛发脱落稀疏的身体上，叮咬着它们所剩不多的营养。

乡下的狗，跟乡下的娃一样，少有娇生惯养的，从未有人给狗看过什么病，好像乡下的狗一生就没有生老病死一样。狗生了病，都是自己慢慢熬着，熬过去了，就好了；熬不过去，也就变成了残疾，或者死掉了。除了小孩子，没有什么人会想念一只狗的往昔，因为永远有新的狗替补过来，成为新的看门护院的仆人。狗命贱，好养活，所以哪家如果缺了男孩，忽然间有一天老天爷长眼，让这家在七八个女孩后，生了个男孩出来，他多半会被家族起上“狗剩”“狗蛋”“狗子”“狗娃”之类的贱名，以便可以跟狗一样活得长久一些。

乡下的狗从来都不会吃人闲饭，尽管那饭也吃不饱、吃不香，但成了人家的狗，就要尽忠职守地做事。看家护院当然是狗的天职，谁家没有一条狗卧在家门口，代替主人辨别来人的好坏亲疏？白天的村子里，全是人的声音，隔墙喊叫的，大街小巷里吵嚷的；狗们则全隐没了一样，悄无声息地在太阳下晒着，或者在阴凉里吐着舌头。只有太阳落下山去，夜将黑袍罩在村庄上的时候，东头的狗和西头的狗，才会在没有阻碍的夜色中，隔空交流一阵儿。狗一生的睡眠，大约都是轻的、浅的，犹如暮年的老人。不管是酷暑还是寒冬，狗们都随时做好醒来战斗的准备。什么风吹草动，都逃不过它们的耳朵。所以，狗的梦境也一定是碎片化的，好像一潭湖水，时不时会有小孩子将一枚石子投进来，打破梦的宁静。两只醒来的狗，会在深夜用叫声说几句话，也不会多，只是呓语似的聊一会儿，而后看一眼墙上晃动的树影，再侧耳倾听下巷子里渐渐远去的脚步声，便止了叫声，重新沉入缥缈到远方的梦中去。

远方有什么呢？好像什么也没有，又好像隐藏着无尽的希望与梦想。可是，那跟一条狗的世界并没有太大的关系。狗的一生，隐居在乡村，行走在小巷，或者蹲伏在庭院的梧桐树下。远方是诗意的，而一条狗，只踞守在人的家园。

等到某一天，守护庭院的狗老了，叫也叫不动了，主人皱着眉，对登门的人说：“瞧这条老狗，不中用了，还赖着不死！”

狗将头藏到腐朽的、被蚊蝇趴满的身体下面，想要哭，却最终，一滴泪也没有。

杀猪过年

在乡下，过年的时候杀猪，是一件大事。这大约也是因为乡下的猪们，不像养猪场的猪那样长得飞快，所以等到被宰杀的时候，过年之前提前二十多天，全村人就都知道了。

有想要猪头肉、猪尾巴或者排骨过年的人家，早早地就来预订了。猪肉的价格当然比集市上便宜，而且还新鲜、干净。有时候，跟要杀猪的人家关系好，还能免费要一些猪肠子。猪肠子清洗起来麻烦，主人一般免费送人。尤其是那些想要解馋的“吃货”，都会提前几天笑嘻嘻地去巴结讨好主人，将猪肠子预约下。有懒惰的主人，猪血也会免费送人。猪血是乡下人都爱吃的好东西，早晨常常有卖豆腐的，一起顺便搭卖猪血。凝结后的猪血又被人称为“红豆腐”，炖在白菜里，吃起来比豆腐还要美味。

村子里专门杀猪的是李正家，他家院子里有一棵茂盛粗壮的梨树，杀猪的案板就摆在梨树下。小孩子们比大人消息似乎还要灵通，早早地就爬起来去看杀猪。胆子大的站在梨树下看，胆子小的则跳在墙头上瞟；还有不大不小的，随着猪的尖叫声的分贝，而改变身体到案板之间的距离，甚至在猪蹦起来的时候，会吓得立刻如老鼠一样钻到李正家的屋里，并将门从里面闩上。

李正家族里的男人们，个个都很彪悍，似乎天生就是要干杀猪这一行当的。李正总是抡锤的那一个，想来在猪的眼里，李正也最可恨，所以一旦铁锤砸到猪的脑门上，如果稍微砸偏了一点儿，猪没有晕死过去，就会一下子冲到李正的身边来。当然，这样的概率不是很大，李正总能在猪嗷嗷的惨叫声中，意志坚定地一锤砸下去，让猪的叫声戛然而止。然后，周围的人在片刻的安静之后，一下子欢呼叫好起来。小孩子们也都跳下墙头，或者从大树上“刺溜”一声滑下来。人们里三层、外三层地拥挤着，看李正和其他几个男人，将晕死过去的猪，快速地割了脖子放血。血基本流干了之后，猪醒过来反咬一口的希望基本没了，李正就开始给猪剥皮。

剥皮是一个技术活，没有庖丁解牛一样娴熟的技术，是不可能干这个工种的。剥皮的李正像一个织布绣花的女人，细致到可以让那张猪皮不受一点儿损坏，而且快得只听见“哧哧”的声音，好像一转眼，一头黑猪，就成了光滑的白猪。于是，李正将刀子一扔，拍拍手，气定神闲地看着其他男人将猪大卸八块，分成猪头、猪腿、内脏、猪血等几部分。猪的主人也不会闲着，尽可能地帮忙将猪择干净了，装到大盆里。李正家的大锅这时候派上了用场，将整个猪头扔进去，李正媳妇便开始加水添柴煮起来。猪头上的肉处处都是宝，煮熟了用葱花酱油醋等作料拌一下，是下酒的好菜肴，所以有点儿闲钱的人家，都会排队等着买这些小菜，就怕回家的工夫，全被人给抢走了。

等到猪肉分割完毕，梨树下便空荡起来，案板上的血迹也慢慢干了，有些在清冷的天气里，还结成了冰。李正接了主人家的钱，坐在尚有稀薄阳光的院子里，就着主人孝敬的猪头肉，喝一壶温热的小酒，又跟刷着大锅的媳妇说几句今天生意的闲话，然后便伸伸懒腰，回屋睡了。

梨树在冬日里的风里，微微响着。干枯的玉米秸，则“呼啦呼啦”地，被风掀起很大的动静。但是很快，这些声响在夜色中，就跟村口的狗叫声一起，慢慢慢慢地，没了声息。

乡间麻雀

一到春天，大人们忙着耕地播种，小孩子则开始忙着掏麻雀窝，或者用弹弓卷起小石子练习射击。总有一些倒霉的筑在河边上的鸟窝，被不幸打中了，窝里的麻雀惊惶地逃到沿河的柳树上去，如果迟上一步，就有手快的孩子将麻雀的全家给连窝端了。小孩子容易喜新厌旧，不过是玩上大半天，那些刚刚学会飞翔的麻雀便被放了生。当然，如果被自家的猫看见了，那些麻雀也就剩了死路一条。大人们看到了，总是会吓唬我们，说：女孩子捉了麻雀，将来不会做饭；男孩则起满手的癣。我们悬着一颗心，要等上好长一段时间，才会将这样巫婆咒语般让人惧怕的话给忘掉。

稻子成熟的时候，大人们其实也会跟麻雀过不去。他们自己忙不过来，就扎了好多稻草人来帮他们看管。稻草人不过是两根木棍按十字形简单捆绑在一起，而后戴上一顶草帽，穿上一件塑料衣服，看着有点儿像人形，就可以了。刮风的时候，塑料布呜呜作响，好像人在驱赶着前来啄食的鸟儿。有受过人惊吓的麻雀们，真将它们当成了人，犹豫试探着，想要飞到地里去偷吃点儿谷子，却又被那庞然大物给镇住了，不知道此去一行，是吉还是凶，于是便在稻田的周围徘徊，眼瞅着那诱人的稻谷，却不能尽情地啄食。只有麻雀群集体出动的时候，它们才会变得胆大起来，“呼啦啦”全飞入了稻田，瞅准目标猛劲扎下去。不过，一阵风吹草动，它们也会即刻机警地再原路“呼啦啦”返回，并在某棵大树上惊魂未定地站住了，瞅着那孤独的稻草人好一阵惊慌。也有不怕死的，偶尔会壮起胆子，落在稻草人的脑袋上，并得意扬扬地鸣叫一阵儿，呼唤那些怯懦的同伴们。但终究它们是敏感的小东西，稻草人稍微摇动一下，便立刻将这大胆的主儿，给惊飞了。

秋天稻谷割完后，田地里便只剩了孤零零的稻草人。没有人会再想起它们，除非耕地的拖拉机“突突突”地开过来了，主人才想起这耽误事的木棍子，一脚将它踹歪了，而后捡起来，扔到路边上去。麻雀们则少了什么陪伴似的，在上空寂寞地飞过来飞过去，好像一个无聊的小孩子，拿着画笔，在天空上胡乱画着什么也不像的杠杠。

秋天大约属于麻雀们食物最丰盛的季节，随便到田间地头上逛逛，就能捡拾到很多食物，而且，还无须看人脸色。因为粮食丰富，乡下的麻雀们似乎并不擅长囤积冬天的吃食。反正田里没有，人家院子里也定少不了吃的或者剩饭剩菜。就像乡下要饭的人从来也不知道攒钱一样，只要两条腿能够走路，敲开谁家的门，会不给口吃的呢？所以，麻雀们大概是乡下最乐天的生命了。粮食丰裕的秋天，它们在高高的谷堆上雀跃；大雪覆盖了一切的冬天，它们依然冒着严寒出来挨家挨户地串门，从破旧的墙头，跳到人家院子里，东瞧瞧，西看看，甚至跑到香台上去，看看有无供奉的祭品。假如角角落落都搜寻遍了，还是没有什么吃的，它们这才冒着生命危险，跑到我们小孩子拉起的陷阱里，去碰一碰运气。

鸡应该算是麻雀在乡下最好的朋友了。早晨起床后，我将麦子撒到院子里喂鸡，麻雀们眼尖，比鸡们速度还快，从梧桐树上“呼啦”一下全飞过来。落地后，也不管个头比它们大好多倍的鸡们，一个劲儿地猛吃。可怜的鸡们，翘着屁股跑过来的时候，最好的位置已经被麻雀们全部抢占去了，于是它们只能在外围绕着麻雀捡拾剩下的粮食吃。很少会有鸡抗议麻雀们的竞争，因为实在是来不及，谁吃得慢，谁就输掉了，所以，最好的抗议，当然是抢食的比赛。我搬了马扎坐在院子里，看麻雀们发挥着小巧灵活的身体优势，自由地穿行在鸡的中间。倒是鸡们自己，时不时就碰了彼此的屁股，或者啄了对方的脑袋；有时候，公鸡们还会打闹起来，一点儿也没有公鸡的风范。反而麻雀们谨遵集体觅食的法则，团结在一起，一鼓作气，抢占了鸡们的江山和饭碗。

等到麻雀们吃饱了，便一个个飞到了墙头上，或者蹲踞在梧桐树枝上，晒着春天的太阳，懒洋洋地眯眼睡上一会儿。除非有人刻意地去轰走它们，否则那一刻的世界，整个都是它们的。

乡下是麻雀们真正的故乡，它们拉了屎，没有人咒骂，反正随处都可以见到白色的“天屎”。一到夏天，如果几天不打扫，平房上便会落满了白色的麻雀屎，那屎扫掉后，还会有印记留下来，除非用水刷洗，否则很难除掉。但即便如此，也没有女人会指着麻雀破口大骂，顶多会嘴里发出“去去”的声音，扬起胳膊将它们全部赶走。倒是鸡们偷吃了晒在地上的粮食，会让主妇们气得骂娘，恨不能立刻将它们宰了吃掉才能解恨。

也只有在城市里，麻雀们才有无家可归的孤独感。楼房太高，它们无法安闲地在上面踱步。也没有人会好心地在地上撒一些粮食，清洁工们一笤帚过去，便扫荡干净了一切可供挑拣的食物。城市的烧烤摊前，甚至有人在卖烤麻雀吃。而乡下不管怎样贫穷潦倒，也很少会见到有人要饿到烤食麻雀。

麻雀大约算是乡下散落的音符，隐隐约约地在不远处缭绕着，没有它们，不只我们小孩子会觉得生活无趣，就是大人，也会在庭院里有无所事事的烦闷。也只有看到它们雀跃的身影，听到它们“叽叽喳喳”的响声，打开窗户和房间门，才会觉得这一天是有生气的、不枯燥的。

我看麻雀如此有趣，料定从未厌倦过乡村生活的麻雀们，也必定觉得乡下是可爱的。

春天的麦子

立春一到，便是雨水和惊蛰，雷声轰隆隆地打下来，蛰伏了一整个冬天的人们，才好像忽然间想起了田间地头的麦子，于是纷纷扛起了锄头，去麦田里锄草。

不过，如果整个春天都没有贵如油的雨水，连草也会长得灰头土脸的。女人们会将自家的男人们骂出去，抢水浇地。这是一场更残酷的战争，女人们常常不再关心颜面问题，只要能排上号浇地，哪怕被别的女人们在脸上挖上几道子，破了相，也没什么关系。大队书记这时候便被派上了用场，一边给自己家麦子先浇上，或者排上号，一边协调着快要打起架来的男人女人们。有时候打得厉害了，男人会在女人的怂恿下，夜里爬起来，搬了石头砸进机井里去，堵住井水，让谁家也浇不成地。当然，很多时候，这样的阴谋并不能成功，因为浇地的那家，会派人日夜守护在机井旁边，并拿了手电筒，防范一切试图靠近机井的可疑人士。

我们小孩子们这时也不让靠近机井了。那里原本是我们的乐园，我们会捡起小石子，投到机井里去，听石子在深不可测的井底，落入水中时，响起的沉郁的声音。我们还怀疑会有生下来不要的小孩子，被扔进了井底，于是便趴在井沿上，看那一小片落在里面的模糊的蓝天。但在干旱的春天里，我们被焦渴的麦子，和同样焦灼的大人们，驱逐出了这片乐园。

夜里醒来，常常听见父母在谈论浇地引发的种种事故。不外乎是谁家跟谁家又打起来了，还动了石头和锄头，并惊动了乡里派出所的人。父母没有后门，排号又看似遥遥无期。而在轮到我们家浇地之前，又不能眼看着田里的麦子枯死。于是，母亲便和父亲一桶桶地从家里压水机里压水，然后倒入大桶里，用地排车拉着去田里，一勺子一勺子地浇灌麦子。只是那些水浇到地里，好像还来不及被麦子喝一口，就被干裂的大地吸光了，或者被头顶上炙烤着的太阳给蒸发了。春天看起来不再那么美好，为了关系着口粮的麦子，每一天都变成了煎熬，至于谁家女人被砸破了脑袋，谁家男人追着浇地的那家人，说要拼个你死我活，在躁动的春天里，也不再像是可以引起人们兴奋的新闻了。

好在这样的时日，不会太过长久。有时候还不等全村人轮上一遍，老天爷就忽然间开了眼，看到了人间疾苦，于是降下一场大雨来，缓解全村人绷了太久的神经。母亲就坐在院门下面，一边做着针线活，一边看着这场不疾不徐似乎要下许久的春雨。

我看着母亲有时候发呆，就会问她："娘，你在想什么？"

母亲笑一笑，像是回我，又像是自言自语："这雨，下得正好，麦子能喝个饱了。"

我也抬起头来，看向半空。天空里细密的雨，绵密地飘下来，一阵风过，便吹到我和母亲的身上。雨水有些凉，我的心里却是暖的。我喜欢春天的雨，柔软的，缠绵的。就连平日里好为琐事争吵的父母，也因了这场雨，而变得彼此温柔起来，好像他们是相敬如宾的新婚夫妻。

庭院里一切都是安静的，只有雨声在屋檐下，滴滴答答地敲击着，是世间最单调又最美好的音乐。我好像还能听见麦田里麦子们"咕咚咕咚"酣畅饮水的声音，这声音一定也在父母的耳畔响着，以至于他们做什么都轻手轻脚的，似乎怕打扰了麦子的幸福。

有时候忍不住，父亲或者母亲还会披个白色的塑料袋子，冒雨跑到田地里去，看看自家的麦子，在雨中有怎样喜人的长势。这时的父亲，更像个诗人，站在地头上一言不发，就这样深情地望着脚下这大片的绿色的麦田。整个村子都笼罩在迷蒙的烟雨之中，只听得到雨声，沙沙的，蚕食桑叶一样，细密地落着。

在麦子还没有长成麦浪之前，我能想到的村庄最美的时刻，大约就是春天里，这样淅淅沥沥的雨天了。

雨后蚯蚓

夏天的时候，下过雨，庭院里积满了水，通往巷子口的垄沟一时间忙不过来，那水便打着旋，漫溢开来：有的积在梧桐树的树坑里，有的聚在香台底下，有的滞留在猪圈鸡窝旁。我拿着小棍子，将浅浅的垄沟里平日堆积的泥沙、树叶或者瓦块等垃圾，全都清理出来。这样疏通一番后，雨水便欢快起来，汩汩地朝墙外流去。于是，半个小时后，院子里便现出昔日清爽的模样。而在松软的泥土里，一定会看到许多条蚯蚓，爬到地面上透气。如果不是这一场大雨，它们大约要一辈子待在温暖的地下，或者庄稼和野草的根须里，无休无止地睡下去。

我其实是有些怕蚯蚓的，因为它们长得像小小的蛇，但又因它们着实没有小蛇那么可怕，至少，是在我完全可以控制的范围内，所以，我和所有的小孩子一样，喜欢拿一个细细的草茎，将它们挑起来，放到干燥的沙石路上，看它们笨拙地扭动着身体，一伸一缩地朝某个方向慌张地乱爬。如果它们爬得足够快，就能很快消失在某片泥土里。如果它们动作慢上一拍，就有被旁边冲过来的公鸡一口啄进肚子里去的危险，再或遭受被人踩断一截身体的致命一击。大街上还有许多小男孩，专门以弄断蚯蚓身体为乐。因为听说蚯蚓断了一半后，两端各自还会长出新的蚯蚓来，出于好奇，也出于恶作剧，他们就这样将蚯蚓从水里或者淤泥中捏出来，直接用尖锐的小木棍切断，再笑嘻嘻地看着那两部分怎样生离死别地各自愈合。

当然，很少会有小孩子如此耐心地观察身体断掉的蚯蚓，如何成长为两条新的生命。乡下永远有比这更新奇的事情，等着他们去做。而我，则害怕观看这样残忍的断体游戏。就像每次乡下来“耍把戏”的马戏团，为了挣钱，总有个十二三岁的小男孩，被当场卸断了胳膊（脱臼），以便博取同情的泪水和更多的收入。我想，如果蚯蚓也有灵魂，它们会不会在断体的那一刻，像个孩子一样，内心满是无力逃脱的惊恐和绝望？据说，蚯蚓是有心脏的，如果正好切到它们的心脏，就会两边同时死去。那么一个有心的生命，也一定跟猫狗一样，是会哀哀地站在地上，抬头仰望着不可一世的人，求他们放过自己的吧？

没有谁会想到这些？一条蚯蚓，不过是不值一提的蚯蚓罢了。在乡下人的眼里，生命只是人本身而已。不，即便是人本身，也不怎么值得提及。那些生的孩子像葡萄一样一大串的父母们，就好像生的是猫猫狗狗，任由小孩子们在庭院内外奔来跑去，至于他们是会砸死一条狗，还是虐待一只猫，或者被什么人给揍了一顿，都不在父母关注的范围之内。而小孩子们也不会要求太多，只要在众多兄弟姐妹们之间，能够好好活着，还有口饭吃，就可以了。所以，没有被人给予过太多宠爱的孩子，自然不懂得怎样呵护别的生命，哪怕，只是一条微不足道的蚯蚓。

村南头的大水塘里，一到下雨，就涨满了水。小孩子一个猛子扎进去游泳。男人们则闲坐在水塘边钓鱼，他们都是有备而来，早早地派遣女人去捡拾一小罐蚯蚓，而后搬着马扎，拿着钓竿，背着手，带上自家小儿，去了村头。水塘边早就集聚了一群人了，女人们抱着孩子看跃上水面的鱼，并鸽子一样“叽叽咕咕”地点评水里扎猛子的男孩子里面，谁家的儿子屁股大，小鸡鸡长；又顺便指挥自家男人，将鱼钩上的蚯蚓投放到哪儿去，才能让鱼顺利上钩。如果蚯蚓被鱼偷吃了，却也趁机逃走了，女人会失望地喊叫起来，抱怨男人手笨。那坐在马扎上钓鱼的男人听了，当然不舒服，骂一句娘，让女人回家待着去！女人一撇嘴，人群里丢一句：“我看你今天就是把蚯蚓全喂了鱼，也别指望能钓上一条来！”男人听了愈发地烦躁，顺手抄起旁边盛放蚯蚓的罐头瓶子，“啪”一声丢进水里。那瓶子起初在水里浮了一会儿，蚯蚓们则纷纷借此爬出来，而后一条一条漂向水塘边；过了片刻，水漫进了瓶子里，便听见“咣当”一声，那瓶子沉了底。只有蚯蚓们，在水里起起伏伏，终于一点点靠近了岸边的水草，艰难地爬了上去。

水塘边的人看着，觉得这一场夫妻之间的争吵没有扩大，实在无聊，于是再随便瞟一眼那些不知所终的蚯蚓，还有怎么也不肯上钩的鱼，便彼此说着闲话，散开去了。

我拿着小棍，试图将被水草拦住的一条蚯蚓，救上岸来，却一不小心，差点儿滑下水去。我在惊吓中，发一会儿呆，起身跺一下发麻的脚，也跟着走开了。

那只缠在水草上的蚯蚓，究竟怎么回到泥土里去的呢？我始终不知道答案。

一只蚂蚁爬过春天

春天，看到一只在还有些料峭的风中，探头探脑出来觅食的蚂蚁，小孩子们会忽然间欢呼起来，朝大人们喊："快看，蚂蚁都出来了！"于是，大人们也弯腰看上片刻，而后点头，自言自语道："天暖和了，不会再冷了。"

那时候的大人和孩子，都会被这样一个小小的生命打动，并不会想起平日里拿它们取乐的种种，只是注视着这孤独的一只蚂蚁，爬过冷硬的泥土，消失在一片乱草丛中。

乡下人习惯了房间里有一两个蚂蚁窝的生活，不会像城里人那样大惊小怪：要动用灭虫剂，将它们消灭干净。而我们小孩子，蹲在地上"稀里呼噜"地吃饭，还会故意丢一根面条，看蚂蚁们怎么将这上好的食物，齐心协力地搬回巢穴里去。这时候的蚂蚁，就成了饭间的小乐趣，好像电视里上演的精彩的电视剧一样，一定要追着看到有了结局，才会罢休。

有时候，蚂蚁也会在人家里筑巢，比如床底下、柜子后面、砖缝隙里，也不知它们哪儿来的力气，可以冲破这些坚硬的阻碍，将细细的泥土运到地面上来，自己则躲在这没有风雨的房间里，依靠人吃剩的残羹冷炙，维持着整个蚁群的生命。有时候扫地看到了，人骂一句，一笤帚过去，便消灭了它们的窝巢，但过不许久，那里重新恢复了平静，照例有蚂蚁出出进进，和人一样，为了家族的一日三餐，而日日忙碌。

我喜欢趴在一棵大树下，很长时间地看蚂蚁，都不觉得厌倦，并常常幻想自己成为其中的一只，每天只要外出寻找食物，而后召集兄弟姐妹们拉回巢穴就可以了。乡下那么大，食物又那么丰富充裕，随便走上一会儿，就可以收获满满的荤的素的食物。一粒饱满的麦子，一只半死的蝗虫，一截断掉的蚯蚓，一块香甜的地瓜，一枚芬芳的野果，一口新鲜的香瓜，都是上好的食物。这些任务，比上学读书轻松多了，啊，简直是坐地就可以生财的幸福活计！等到了冬天，大雪覆盖了整个村子，人还要辛苦地砍柴、烧火、做饭、剥玉米、编筐，或者踏着积雪、吸溜着永远擦不净的鼻涕上学，挨老师教鞭的敲打。可是，蚂蚁就可以不用讨好任何人，只要在温暖的巢穴里，每天吃吃睡睡就好了；偶尔，它们也会起来活动活动筋骨，串串门子，照看一下正在长大的幼蚁。这大约就是老师告诉我们的共产主义社会了吧？

所以，蚂蚁大概是乡间活得最肆无忌惮也最悠闲自在的生命。人为财死，鸟为食亡，蚂蚁们却从不用为这些而过度焦虑。几乎每一株大树、每一片沟渠或者地头，都会见到它们的踪迹。人每走一步，都可能一脚踩死一只蚂蚁，这在乡下一点儿都不夸张。当然，蚂蚁是不会这么轻易被踩死的。它们那么小，完全可以躲到鞋底凹下去的地方，躲过这一场随时随地都可能出现的灾难。至于那些牛蹄啊车轮啊驴粪啊，更不用说了，所以蚂蚁的生命，也最是顽强的。我怀疑，地震火灾来了，它们也不惧怕，因为它们会比人类提前预知这些重大灾难的危险。这样一想，倒是我们人类，看似体积庞大，却最是渺小可怜。

蚂蚁大约也是乡下最勤劳的生命，除了睡觉，它们大部分时间都在奔走。有时候，它们还会爬到一朵花朵上去，不知是不是嗅到了那芬芳的甜味，想要学习蜜蜂，将汁液收集到蚁巢里去。它们站在一朵飘逸的花朵的中心，或者一株大树高高的树梢上，向下俯视人类的时候，会不会笑出来呢？觉得这样美好的风景，人类竟然欣赏不到？那时候的乡下，瓜果飘香，炊烟袅袅，大地笼罩在成熟的光泽里，熠熠生辉。这片土地，是属于蚂蚁的。尽管，蚂蚁的寿命，从几周到几十年，相比起人类，要短得多，可是，它们有强大的繁殖能力，人搬迁走了，它们却可以世世代代居住在同一株大树下，很多很多年，都不会离去。

看一只蚂蚁，大约跟看一会儿天空一样，是乡下人永远不会厌倦的习惯。因为天空一直都在那里，比人类还要长久地存在下去；而蚂蚁们呢，也地老天荒般地在大地上奔来走去，没有休止，也永无绝灭。

月下看瓜

看瓜是一项大任务，至少我和姐姐是这样认为的。

白日里看瓜，在清凉的风中，一边吃着西瓜，一边逗引着蛐蛐，几乎相当于休闲度假。只是，当白天的悠闲过去，夜晚来临的时候，听着玉米地里蛐蛐们的叫声，狗们在某个角落里低低地吠叫，街道上有小孩子在哭闹着喊着妈妈，我总是会下意识地靠姐姐近一些。如果忽然间有脚步声在地头上传来，我会吓得心提到嗓子眼，恨不能躲到床底下去，化作一把泥土、一片叶子、一个西瓜，总之，什么不引人注意，就化作什么。比我大三岁的姐姐也大气不敢出一口，只听着那脚步声越来越近了，好像在玉米地的某个角落里传来。我想，那贼一定在偷窥着我们。我在心里默念着：赶紧挑一个最大的西瓜，快快走吧；无论如何，都放过我和姐姐，让我们能平安地回家吃母亲做的一顿晚饭。我还想问问姐姐：怎么办呢？你害怕吗？却开不了口，怕一出声，那贼立刻拿了大棒子，从背后当头给我一棒。

在我吓得闭上眼睛，连头顶夜空里漂亮的星星和月亮也不敢看，而且马上要很没出息地哭出声来的时候，母亲温暖熟悉的声音忽然间响起，我立刻跳起来，冲母亲喊：“娘，我饿了！”母亲的手电筒照过来，递给我和姐姐：“饿了快回家喝玉米糊豆粥去，路上注意点，别栽沟里去了！”

我一路胡思乱想着，跟着拿手电筒的姐姐走过田间小路，经过一个沟渠，穿过一条巷子，再战战兢兢地路过哑巴家门口，心里祈祷着哑巴千万别走出家门，冲我啊啊叫唤；然后一折一拐，便进了自己家门。父亲正在院子里就着灯光搓麻绳，准备卖西瓜的时候，绑地排车上的西瓜用。姐姐自己舀了糊豆粥喝，我也去灶间盛饭，却无意中踩着一只夜游的老鼠的尾巴，我吓坏了，喊：“娘，有老鼠！”却没有人搭理我的惊吓。我想起瓜棚下的母亲，忽然有些想她，后悔跟了姐姐回来。我宁肯饿着肚子，也不想在如此孤独的夜晚，一个人吃饱了睡下。

后来，母亲究竟有没有回来睡觉呢？我也不知道，因为第二天清晨，我睁开眼睛，母亲已经又扛起锄头下地干活了。桌子上放着一个洗干净的甜瓜，我欣喜地咬下一口，觉得院子里没有人声的寂寞，被这甜蜜的味道给冲淡了。

谁也不知道偷瓜的人究竟是什么时候踩点的，大约西瓜刚刚冒出头来的时候，他们就已经开始琢磨上了，眼瞅着哪家的瓜地一派喜气丰收的模样，个个西瓜都圆滚滚的，惹人惦记，如果不吃上一个，这一年夏天，真是等于白过了。看瓜的人，也大约在视线交锋中，就发现了偷瓜者的欲望火苗，所以一来一往，就是家家瓜地里都建起了瓜棚，等着前来买瓜的人，更等着胆大偷瓜的那个主儿。

可是，那个来偷瓜的贼，始终没有来，以至于我常常问母亲，明明没有贼来我们家，为什么还非要那么辛苦地天天在地里看着呢？母亲便瞪我说：“万一哪天贼来了，将西瓜全都偷走了，岂不是这一年都白辛苦了？”

西瓜被一车一车地拉着去集市上卖的时候，很少会有人再将防贼当成看瓜的重点。那时候的瓜地，渐渐变得空旷，露出了泥土的颜色，而田地中间点缀一样的甜瓜，更是显得落寞和孤独。

太阳已经快要落下地平线了，整个村庄都笼罩在薄薄的青烟和夕阳之中。一切都是安静的，连狗叫声也没有。哑巴女人的声音，在远处的某个地方啊啊地传来，不知是在与人争执，还是在向人描述着什么。一只羊咩咩地在地边上吃草。谁家的狗忽然间受了惊吓一样，叫了起来。我一块田地一块田地地走过，看到村子里所有的西瓜地，原来都与我们家的一样，变得空荡起来，好像被洗劫过后的战场，或者被人偷袭过的家园，有些忧伤，还有些失落。我想起瓜棚也很快就要拆了，我养的蚂蚱，大约会在某个清凉的夜里，悄无声息地溜走。而等到瓜棚的四个柱子拔掉，地面重新成为田地的垄沟，完全看不出我曾经在某个夜晚，躺在瓜棚下看向天空的痕迹。

我知道，最后一个有些寡淡的西瓜被吃掉后，热闹的夏天，也就快要过去了。

剥玉米

剥玉米当然是全家老小都要参与的大事。

秋天的傍晚，有些凉意。月亮早早地就升上了天空，挂在某棵梧桐树的树梢上，幽幽地将皎洁的月光投向整个的村庄。如果我能爬到月亮上去，一定会看到整个村子的男女老少，此刻都和我家一样，坐在院子高高的玉米堆前，埋头一心一意地剥着玉米皮。有时候，玉米里隐藏了整个秋天的小虫子们，也会出来热闹热闹，钻到你的鞋子里、袖筒里，或者脊背上。它们一个一个都吃得圆滚滚的，有时候因为太胖爬不动，就会直接从高高的玉米堆上骨碌下来。小孩子们也学它们，爬到高处去，滑下来，再爬上去，又滑下来。于是，院子里便会响起大人们的叫骂声，让他们赶紧滚回床上睡觉去！只有像我这样的笨孩子，躲在角落里一个一个地剥着玉米皮，最后被大人们忘记了，自己坐着睡过去了。蒙眬中，听见母亲叫我，才一个激灵醒过来，看到大人们已经剥完了大半，并将玉米编织在一起，准备明天挂到梧桐树或者平房上去了。我有些愧疚——为自己偷了懒，于是无声无息地拍落身上的玉米须、小虫子和灰尘，“啪嗒啪嗒”地走去上了床。眼皮沉沉地合上的那一刻，我听到院子里疲惫不堪的父母在絮叨争吵着什么，可是我已经顾不得了，一脚便踏入了梦乡。

剥玉米皮的盛事，要持续很多天。在绵绵的秋雨来临之前，家家户户都要赶着将玉米皮剥完了，把玉米挂到院子的角角落落里去。但凡能够砸进钉子的墙上，都会挂满了玉米。所有的梧桐树，也全变成了金黄色，从上到下，里三层外三层的，犹如披了一件黄金铠甲。平房的四面墙上，当然更是挂得满满当当的，以至于我猴子一样爬上去，又猴子一样爬下来，因为实在是没有站的地方了。不过，站在高处看四面八方，会觉得此时的村子，跟个披红挂绿的新郎官似的，很阔气，也很土豪。女人们就站在这片金黄色里，边唠叨着自家的男人偷懒，边顺手抄过棍子来，打某个将尿滋在“玉米树”上的熊孩子。

如果赶上阴雨绵绵的秋天，玉米一挂上树，就得立刻给披上塑料做的雨衣。我站在屋檐下，看着雨“啪啪”地打在塑料上，而后又顺着玉米滑落下去，在地上滴出一个一个的小坑。我于是有些无端地发愁，想着玉米要是发霉了怎么办呢？所以，天还是快快地晴起来吧，等着晒干了，我们全家好开启下一个浩大工程——剥玉米粒。我这样想着，听见母亲也在身后长长地叹气，于是整个下雨的秋天，一切便都是阴郁的、潮湿的，快要生了霉，腐烂了一样。

所以，天一放晴，看着挂在外层的玉米差不多干了，父母便又带领我和姐姐摘下来，扔到大铁盆里去。一整个冬天，我们的任务就是剥玉米棒，不停歇地剥，好像我们生下来就只做这一件事一样。母亲是负责用剪刀将玉米插出一两道“垄沟”的人，这样方便我们顺着沟去剥。她还教我和姐姐，用一个剥完的玉米棒，代替手去剥另外一个玉米棒，这样可以更省劲，而不至于让手很快地红肿疼痛。

夜晚的煤油灯下，一家人关起门来，一边拉着家常，一边剥着玉米棒。玉米粒“噼里啪啦”地落在大铁盆里，单调地附和着夜色中墙根下蛐蛐们的鸣叫。有时候，我和姐姐偷懒，跑到床上去玩过家家。隔着蚊帐，看到父母的影子落在对面墙上，一高一低，忽而抬头，忽而弯腰，好像皮影戏一样好玩。于是，我和姐姐也将手高高地举起来，模拟出羊、马、兔子或者小狗等动物。两个人玩着玩着，还会一语不合，争执起来。父亲听了心烦，让我们要么下来剥玉米，要么赶紧躺下睡觉。我和姐姐怕父亲脾气再大一些，将玉米棒“砰”的一声砸过来，也便消了声，躺下乖乖地入了梦乡。

梦里都在做什么呢，现在已经忘了，大约，也是在无休无止地剥着玉米吧，一直剥到冬天快要过去，挂在院子里的金灿灿的玉米们，全都进了麻袋，运进粮库里去，换成我们需要的烧饼、衣服、咸菜或者针头线脑。

蛙鸣

雨水好的夏天，每天傍晚，都会听到蛙鸣。

有时候是孤独的一只青蛙，有一声没一声地叫，不知是太闲了，还是在梦境之中，忽然受了惊吓。有时候是一声紧跟着一声，像雨天屋檐下的雨滴，因为密集，便连成了线。还有时候，是一群青蛙的聚会，在潮湿的草丛里，商量好了似的，亮开了嗓门，开始无休无止的大合唱。那歌声有很强的穿透力，连夜空里的星星，都好像给震动了，隔着湿漉漉的榆树叶子看上去，星星犹如大地这片舞台上的灯光，在夜幕下泛着朦胧遥远的光。草丛里的青蛙们歌唱的时候，池塘边的也跟着附和起来，还有院墙根下某只落了单的家养的青蛙，或者在田地里走丢了的某一只，听闻这一场盛大的演唱会，全都兴奋起来。于是，歌声便从黄昏一直持续到深夜。可苦了那靠声源近的人家，一整夜翻来覆去，无法安眠，以至于最后气得骂娘，爬起来，到院子里站着听那蛙鸣，直到天边亮起，濡湿了脚，才一脸困倦地回屋再睡。

很少有人会将青蛙的叫声当成悦耳的歌声，尽管青蛙们自己是借这样聒噪的歌声在求偶。而且雨天来临之前，它们是多么快乐啊，情不自禁地手舞足蹈起来，一定要用“呱呱”的叫声来动员身边的同伴们：美好的雨天就要来了，为什么不一起唱歌跳舞庆祝呢？雨天里，人只会待在家里，看着大雨着急。青蛙们却在水塘里兴奋地跳跃起来。有时候，它们也会跳到大大的荷叶上去，丝毫没有避雨的意思。它们蹲踞其上，想要告诉每一个人，它们是如何感谢这一片苍茫的雨雾：不仅带来了它们所赖以生存的潮湿的天气，而且提供了源源不断的食物，因为此时，草丛里的虫子们，开始大量繁殖，还有什么，比日日饱餐，更让它们觉得幸福的呢？

不管歌声怎样，至少，青蛙的样子，还是不让人那么厌烦的。比起它们的本家蟾蜍来，青蛙简直可以称得上是可爱的。好歹，青蛙绿色的外衣，要比土黄色的衣服好看，人偶然间踩到，不觉得心惊。倒是蟾蜍，趴在土沟里，跟泥土混为一色，很容易让人在搂草或者搂树叶的时候，一下子碰到它们黏湿且长满疙瘩的皮肤，吓得尖叫起来。不过，老人们则认为碰到蟾蜍是吉利的，因为月亮不就被称为蟾宫吗？据说蟾蜍是美丽的嫦娥变的呢，只是为什么仙子一样美好的嫦娥，会被变成如此丑陋的模样，就不是我们小孩子能够理解的了。

我喜欢在放学后，去河边坐上一会儿，看那些尚未变成青蛙的小蝌蚪们，欢快地游来游去。有时候，它们会跑到我裸露的脚边，用柔软的脑袋，“亲吻”一下我的脚趾，而后倏忽而逝，或者混入无数的蝌蚪之中，让人寻不到它究竟是哪一只。有时候，我会想，女大十八变，为什么这么可爱的小蝌蚪，长大以后，不会变得漂亮一些呢？比如像翩翩起舞的蝴蝶，有着优雅外衣的七星瓢虫，或者一尾穿了鲜亮的红色裙子的金鱼。总之，不要有那么突兀的眼睛、怀胎十月般的大肚子、枯树枝似的脚趾，以及毛球一样绿色皮肤上的小疙瘩。我当然想不明白造物主的决定，于是只能为此叹息，就像为童话里被罚变成了丑陋青蛙的王子惋惜一样。

我养的小蝌蚪，要么因为我没有耐心等它们长出腿脚或者尾巴消失，就忘记了换水喂食而不幸死掉；要么就是因为我太恐惧它们忽然间在一夜醒来后，变成了绿色青蛙的模样，而将它们重新还给了池塘。我不知道它们的妈妈在哪儿，或者，蝌蚪们自己也找不到妈妈了，只能独自在水中觅食、一天天长大。大人们还说，青蛙从来不知道珍惜自己的孩子，它们甚至会一转身，就将蝌蚪当成了晚餐，给吞进了肚中。这听起来有些骇人，于是我一遍遍问母亲：为什么青蛙会吃自己的孩子？母亲没有读过书，说不出来，被我问得烦了，便拿起笤帚疙瘩，要打我屁股。我吓得转身就跑出了家门，一边跑一边想：母亲如果再狠一点儿，会跟一只青蛙一样，也将我给吃掉的吧？

只是，母亲究竟有没有在我梦里，变成一个吃人的母夜叉，而今住在城市、完全远离了蛙鸣的我，已经完全不记得了。

夏日的葵花

盛夏，当庭院里一小片向日葵园终于有了第一朵花的时候，小鸡们也已经羽翼丰满，它们不再聚精会神于啄食或者踩踏小小的向日葵嫩芽，而是喜欢用爪子在泥土里到处抓挠，寻找肥硕的虫子吃。有时候，它们也会飞到墙头上去，欣赏着露出金黄色花瓣的向日葵，好像这一片即将绚烂的地盘，是独属于它们的。

我也开始像一只鸡或者麻雀那样，蹲踞在院子里的某个角落，在清晨或者黄昏，观察向日葵如何迎着朝阳绽开笑颜，并追寻着阳光的足迹，转动自己的花朵，直至夕阳落下，它们也一低头，坠入了梦乡。我躺在凉席上，扇着蒲扇，将一只总是绕着我“嗡嗡”叫着的蚊子，隔离在安全的距离。夜色中的向日葵，因为仰视，看上去愈发地细高，那沉甸甸的花盘，好像在颈上支撑不住，很快就要折断掉落下来一样；可是等了许久，都没有断裂的声音，只有一小片叶子，在风中飘下来，于是夜色被这轻微的“啪嗒”声碰了一下，又瞬间水一样合拢。那寂静，更加深了。

村里并没有种植向日葵的习惯，不过是像西瓜地里点缀一些甜瓜一样，女人们突发奇想，在玉米地里，种上几十棵。开花时节，那有灿烂笑脸的向日葵，在田野里便格外引人注目。每个路过的女人，都会停下来，怀着心思看上一会儿。

从我们家的向日葵园初具规模的那天起，就不断有女人们来造访。她们以各式的名义过来，有时是借点儿针头线脑，有时来看一眼我们家的猪啊鸡啊是否长了斤两，有时问问去镇上买化肥了没、化肥又涨价了没，有时又说要跟着母亲学纳花样鞋底。女人们翻着母亲的花样本，啧啧地赞叹，说："瞧这喜鹊剪的，简直是神了！还有这牡丹，多喜庆！"

母亲于是变得忙碌起来，既要给向日葵浇水施肥捉虫子，还要侍弄左边的菜园子。母亲一边听着院子里女人们的絮叨和废话，一边在菜园子里锄草。青椒和茄子已经有些结了果，母亲多个心眼，偏偏不摘，因为摘下来，还要虚让一番，万一哪个女人不客气，全都拿了去，岂不是亏了？于是，女人看着忙碌的母亲，向右瞅一眼蓬勃向上的葵花，向左扫一下硕果累累的菜园，讪讪地一笑，说："丽她娘，你先忙着，我走了，改天再来。"母亲擦擦汗，终于忍不住，客气一句："有空来啊，等葵花熟了，我送点儿过去给你们家孩子尝尝。"那女人果然兴奋起来，将一颗悬着的心放下，喜气洋洋地走了。

于是，因为这一片向日葵，我们家安静的院子有了些热闹。晚上，母亲坐在马扎上，将向日葵数了又数，确定好了会收获多少向日葵花盘，便跟父亲絮叨要送谁家。父亲不喜欢听这些婆婆妈妈的事，而且他也不理解这点儿蝇头小利有什么好算计的，至于让母亲那么费心思吗？即便是全留着自己家吃，谁又能说什么？不过，乡下男人女人们的距离，永远都隔着一条无法跨越的沟渠。就像这一片向日葵，母亲看到的是成熟后乡下人事的复杂；而父亲，却根本不关心谁会吃到这些葵花子。

在秋天尚未到达之前，女人们的心思，就像这夏日的向日葵，沉甸甸地，快要被压弯了腰。

当我们的爱情在打拼里变得伤痕累累、皱纹横生，当我们将最美好的30年献给了房子、车子和物欲，当我们的双手只记得钞票的温度，却忘记了牵手的温情，那么我们在飞速向前的城市里，怎能将缠绕相依的根，深深地扎进水泥里去？

时间·温情

无法不对你残酷

弟弟第一次到北京读大学的时候，与我是同样的年龄。在父母的眼里，17 岁，只不过是个孩子，而且，又是没出过县城，连火车也没有见过的农村少年。母亲便打电话给我，说：要不，你回来接他吧，实在是不放心，这么大的北京，走丢了怎么办？我想起这么多年来一个人走过的路，很坚决地便拒绝了。我说：有什么不放心的，一个男孩子，连路都不会走，考上大学有什么用？

弟弟对我的无情，很是不悦，但父母目不识丁，也只能依靠自己。我能想象出他从小县城到市里坐火车，而后在陌生的火车站连票都不知道去哪儿买的种种艰难，但我只淡淡告诉他一句“鼻子下有嘴”，便挂掉了电话。是晚上 12 点的火车，怕天黑有人抢包，母亲提前五个小时便把他撵去了车站。他一个人提着大包小包，在火车站候车室里坐到外面的灯火都暗了，终于还是忍不住给我打了电话。我听着那头的弟弟几乎是以哭诉的语气提起周围几个老绕着他打转的小混混，便劈头问道：“车站民警是干什么的？这么晚了还来打扰我睡觉，明天车站见吧。”弟弟也高声丢给我一句：“车站也不用

你接，用不着求你！”我说：“好，正巧我也有事，那我们大学见。”我举着电话，听见那边嘈杂的声音里，弟弟低声的哭泣，有一刹那的心疼，但想起几年前那个到处碰壁又到处寻路的自己，还是忍住了，轻轻将电话挂掉。

弟弟是个不善言语又略略羞涩的男孩，普通话又说得那么蹩脚，瞥一下眉眼，便知道是乡村里走出的少年；亦应该像我当初那样，不知道使用敬辞，问路都被人烦吧。他一个人在火车上，不知道厕所，水都不敢喝。又是个不舍得花钱的孩子，八个小时的车程，他只啃了两袋方便面。下车后不知道怎么走，被人流裹挟着，竟是连出站口都找不到。总算是出来后，一路上挤公交，没听到站名，坐过了站，又返回去。等到在大学门口看见我笑脸迎上来，他的泪一下子流出来。看着这个瘦弱青涩的少年，嘴唇干裂，头发蓬松，满脸的汗水，额头上不知哪儿划破的一道轻微的伤痕，我终于放下心来，抬手给他温暖的一掌，说：“祝贺你，终于可以一个人闯到北京来。”

临走的时候，我只给他留了两个月的生活费。我看他站在一大堆衣着光鲜的学生群里，因为素朴而显得那么落寞和孤单，多么像刚入大学时的我，

因为卑微，进而自卑。我笑笑，说："北京是残酷的，也是宽容的，只要你用心且努力，你也会像姐姐那样，自己养活自己。"我知道，年少的弟弟，对于这句话，不会有太多的理解，他只是难过，为什么那么爱他的姐姐，在北京待了只是几年，便变得如此不近人情？他之所以千里迢迢地考到北京来，原本是希望像父母设想的那样，从我这里获取物质和精神的多方支持，却没想，连生活费，做姐姐的，都要让他自己来挣。

一个月后，弟弟打过电话来，求我给他找份兼职。我说："你的同学也都有姐姐可以找吗？"他是个敏感的男孩，再没说什么，便"啪"地挂断了。顷刻，母亲的长途电话便打过来。她几乎是愤怒地说："你不给他钱也就算了，连份工作也不帮着找？他一个人在北京，又那么小，不依靠你还能依靠谁？"我不知道怎么给母亲解释，才能让她相信：我所吃过的苦，他也应该能吃，因为我们都是乡村里走出的孩子，如果不自己闯出一条路来，贫困只会把所有的希望都熄灭，而且留下无穷的恐惧给飘荡在城市里的我们。碰壁，总是会有，但也恰恰因为碰壁，才让我们笨拙的外壳迅速地脱落，长出更坚硬的翼翅。

我最终还是答应母亲，给弟弟一定的帮助，但也只是写了封信，告诉他所有可以收集到兼职信息的方法。这些我用了四年的时间积累起来的无价的"财富"，终于让弟弟在一个星期后，找到了一份在杂志社做校对的兼职。工作不是多么轻松，钱也算不上多，但总可以维持他的生活。我在他领了第一份工资后，去蹭他饭吃。他仔细地将要用的钱算好，剩下的，只够在学校食堂里吃顿"小炒"。但我还是很高兴，不住地夸他。他低头不言语，吃了很长时间，才像吐粒沙子似的恨恨吐出一句："同学都可怜我，这么辛苦地自己养活自己。别人都上网聊天，我还得熬夜看稿子，连给同学写封信的时间都没有。钱又这么少，连你工资的零头都不到。"我笑道："可怜算什么，我还曾经被人耻笑。因为丢掉 50 元钱，我在宿舍里哭了一天，没有人知道那是我一个月的饭钱。而我，又自卑，不愿向人借，可还是抵不住饥饿，在学校食堂里给人帮忙，没有工资，但总算有饭吃。你在现实面前，如果不厚起脸皮，是连走路的力气都没有的。”

那之后的日子，弟弟很少再打电话来，我知道他开始“心疼”钱，亦知道他依然在生我的气。有一次，我打过电话去，他不在，我说：那等他回来告诉他，他在大学做老师的姐姐打过电话问他好。他的舍友很惊讶地说：他怎么从来没有跟我们说过他有个在北京工作的姐姐呢？我没有跟他们解释。我知道他依然无法理解我的无情，且以这样的方式将自己原本可以引以为傲的姐姐淡忘掉。就像我在舍友们谈自己父母多么地大方时，会保持沉默且怨恨自己的出身一样。嘲弄和讽刺，自信与骄傲，都是要历经的，我愿意让它们一点点地在弟弟面前走过，这样，他被贫穷折磨着的心，才会愈加地坚韧且顽强。

学期末的时候，我们再见面，是弟弟约的我。在一家算得上有档次的咖啡馆里，他很从容地请我“随便点”。我看着面前这个衣着素朴却自信满满的男孩：他的嘴角，很持久地上扬着；言语，亦是淡定沉稳；眉宇里，竟是有了点儿男人的味道。他终于不再是那个说话吞吐、遇事慌乱的小男生。他在这短短的半年里，卖过杂志，做过校对，当过家教，刷过盘子；而今，他又拿起了笔，记录青春里的欢笑与泪水，并因此得到更高的报酬和荣光。他的成熟，比初到北京的我，整整提前了一年。

我们在开始飘起雪花的北京，慢慢欣赏着这个美丽的城市。我们在它的里面，为了有一口饭吃，曾经一次次地碰壁，一次次地被人嘲笑，可它还是温柔地将我们接纳，不仅给我们的胃以足够的米饭，而且给我们的心那么切实的慰藉和鼓励。

没有残酷，便没有勇气，这是生活教会我的。而我，只是顺手转交给了刚刚成人的弟弟。

找寻母亲的温度

我在火车上看到他们的时候，很想知道：再过二十年，他们站立在一起，面露失去女人的孤单，时光缓缓将他们检阅，会不会有比他们更深的忧伤？

他们是一家三口：还没有多少沧桑之感的父亲，有着年轻青涩面容的儿子，尚在襁褓中吃奶的 4 个月大的孙子。我刚刚踏入 11 号卧铺车厢的时候，便注意到了他们。准确地说，是婴儿放肆的啼哭声将我的视线吸引了去，然后便是两个大男人在手忙脚乱地又哄又劝，笨拙中透着被人窥去了疤痕的无助与感伤。

我提着大大的行李箱，小心翼翼地对站在两个床位间的他们说声抱歉。父亲专心地拍着孙子的身体，又哼着没有唱词的曲子，并没有留意到我已经站在他的后面等待片刻。倒是做儿子的一转身，看到我，即刻有失了礼节的歉疚，忙忙地让父亲闪身让一下，又冲我抱歉地点一下头，帮我将行李放到床底下去。

那是一列从温州开往北方的长途列车。他们从上海过来，在我之前，早已坐了七八个小时的车。推算起来，他们大约是凌晨一点钟，就从上海的乡下早早赶到了车站，并在湿冷的夜色下，如一株寂寞的野草，或者树木，站在彼此没有话说的人群之中，等待火车开过来，并像我一样焦虑地祈祷可以补到一张卧铺车票。而那个从没有乘坐火车出过远门的婴儿，则在昏睡中噘着小嘴，又时不时地做出吸吮什么的动作，似乎，在怀念母亲怀中曾有过的吃奶的短暂甜蜜。

早起赶车的我，上眼皮还依依不舍地时时往下眼皮上靠拢。我很快地爬到中铺，想要睡一个回笼觉。可每次要进入梦乡的时候，我都被婴儿无所顾忌的哭声给吵醒。这样被三番五次地折腾之后，我终于对能够做一个小梦不再抱有希望。我有些烦乱地坐起来，朝那个抱着婴儿的儿子看了一眼。恰好他也抬了头，与我的视线相撞。他脸上即刻又现出那种属于小城镇的谦卑与内疚，并向我致歉："实在对不起，小孩子总哭，打搅你休息了。"

我看着他怀中明显有些营养不良的孩子不依不饶地哭着，心便有了微微的软，问他："你们这是去哪个地方？"儿子温柔地晃动着怀中的婴儿，抿嘴笑道："山西。"停了片刻，又补充道："去找孩子的妈妈。"

我轻轻"哦"一声，试探着问道："她在山西工作吗？"儿子低头看着哭声小下去、似乎要睡的婴儿，摇头："是她老家。"我从他的眼睛里，窥到他有片刻的黯然，便大体猜测出：或许，他与孩子的母亲吵了架。或者，与他一样年轻的母亲，并没有做好抚育孩子的准备，害了怕，逃回千里之外的家中。再或，从一开始，她就不满意这个看上去没有前途也不怎么会有"钱途"的丈夫。她与他，不过是在打工时萍水相逢，在某个特殊的时刻擦出了点滴的火花，并稀里糊涂地生下了这个孩子。但这样旅途中的情感，脆弱得如同一根落在水中的稻草，不过是一圈微小的波纹，便将它席卷了去。所以，她很快地丢弃了他，连尚在吃奶的孩子都不留恋，便漠然地回了家。

这样距离真实的故事不会相差太远的猜想，让我对这两个坐 30 个小时的火车，试图挽回女人的男人，生出了同情——尤其是对这个贪恋一对柔软乳房的婴儿。我柔声问父亲："宝宝第一次外出吧？"不想，父亲却是即刻回答："好几次了呢。以前，他爸爸经常带他去浦西的，不过都是坐汽车。火车还是第一次坐，所以他有些不习惯，这一路上总是哭闹不止，连在睡梦里都会偶尔哼哼几声呢……"

我突然地有些难过，为这个才出生 4 个月便常常寻不到妈妈的孩子。他并不知道大人间的恩怨，只是想要寻找一个比奶嘴更温润的乳房，或者一双爱意绵绵的眼睛。而当他躺在父亲粗糙的怀里，在汽车或者轮船的颠簸中，被当作一个砝码，去恳求一个女人的时候，他生命的底色上，便现出人生的苍凉与伤悲。

我只是一个路过他们尴尬生活的路人，不能给予他们任何的帮助，反而会因为八卦的打探，而伤了他们敏感的心。我所能做的，只是陪他们坐着，看他们为了一个孩子，笨手笨脚地冲着奶粉、挤着甜橙、做着鬼脸、哼着曲子……

火车抵达山西大同的时候，已经接近黄昏，但并没有人接站。他们还将抱着唯一可以挽回母亲的心的婴儿，辗转坐 3 个多小时的汽车，抵达他们希望所在的小镇。

我希望这长长的跋涉，能够让他们寻到一丛微弱燃烧的火苗。

也只是希望。

谁是谁身上难堪的印痕

他的父母，都是农民，不识字，也无法带给他任何的荣耀。他年少的时候，因为成绩出色，被保送至市里读最好的中学。他就是在那时，开始借外人的视线，学会审视自己卑微的出身和父母粗鄙的言行，这无意中给他带来了重重烦恼。

他犹记得读高一那年，他与一群人，正在走廊里说笑，母亲突然就走过来。他先自看见了，却并没有立刻迎上去，而是在母亲的东张西望里，尴尬地低下头去。他正试图在人群的掩护里，逃开的时候，却是一把被母亲给兴奋地抓住了。他就这样在众目睽睽之下，任由母亲紧紧地拽着胳膊，说着琐碎的家长里短。原本那亲密无间的一群，此刻，陡然就与他有了距离；母亲起了毛球的线衣，土得掉渣的方言，一声又一声唤起他一直羞于对人提起的乳名，手里提着的大袋的手工煎饼，无一不让周围的人觉得好奇且热闹。像是一场精彩的戏剧：台下的人，纷纷在他们的表演里笑成一团；而台上饰演小丑的他，却是在拼命地蹦跳里，忽地生出一种几乎将自己吞噬的无助与悲哀。他在喧哗嬉笑里，并没有记清母亲说过的话，也忘了母亲是求人才搭了顺路车来专门看望他，且将一肚子的话絮絮叨叨倾诉给他。他只是清晰地记住了那些外人的“关注”和走廊里疏离的歌声与打闹。

此后，他便再也不让父母去学校看他。课本不小心丢在家里，他宁肯浪费宝贵的时间，自己跑50多里路回家去取，也不会让父母送来，连带地将自己晦暗粗糙的一切，重复展览给他人。他只是发奋地学习，将那些外人的嘲讽、冷漠与不屑，全都踏在脚下；一同踩下去的，当然还有原本让他温暖的父母的关爱。

这样卧薪尝胆似的努力，使他终于考入了理想的大学。去读大学的那天，父亲执意要去送他。可是，在临上火车的时候，看着父亲挤在一群家长里，那么笨拙地帮他搬着行李，又因为有人无意中踩了他的脚，而差点儿在车上与人争吵起来，他便终于一狠心，让父亲回家去，声称一切他自会处理。父亲第一次跟他急了，说：这么小，又没有出过远门，一个人怎么行？他也在周围的吵嚷里发了脾气，说：你不也是一样吗，没有去过北京，况且你连字都不认识，除了给我带来麻烦，还能有什么？他说完这句话，便觉得心里空了，那些淤积了许多年的泥淖与杂草，倏忽之间，便全都被除掉了。50岁的父亲，在一个又一个人的推攘里，呆愣了许久，后来是火车快要开了，才装作什么都没有发生过一样，笑着帮他把行李放好，又去给他接了一杯热水，这才转身走了出去。他在慢慢启动的火车里，看见父亲在送行的人群里，拼命地跑着，似乎要跟着这火车，一同跑到北京去，但还是被飞快的火车无情地丢在站台上，再也看不见了。

他在大学里，依然是很少回家。电话，是从来不在宿舍里打的。即便是在电话亭，也要等到最后，人都走光了，才匆忙地插进卡去，与父母说几句闲话。大部分的时间，他都泡在自习室里。家庭的贫寒，让他始终没有勇气，与人自如从容地交际。而爱情，更是如此。他是在被学校保送了本校的研究生后，才开始与暗恋了他两年的嫒交往的。嫒低他两级，是学校一个教授的女儿，但并没有因此像那些娇生惯养的城市女孩一样——骄横霸道。他应该会主动追求媛的，如果不是媛优越的家境阻碍了他的话。媛也是个矜持的女孩，等了他两年，见他依然无动于衷，这才着了急，一次次地跑来找他。媛的父母，始终是不喜欢他的，尽管见面的时候也会与他说话，但言语里，明显带着高傲与骄矜。幸亏媛是善良的，知道他的学费都是贷款，知道他的生活费全要靠自己打工挣取，知道他的父母无法给他的前程带来任何的帮助，但依然执着地爱他。

是媛的坚持，最终给他们的爱情带来了春天。媛的父母，为了宝贝女儿，动用关系，将他留在大学，并在他毕业半年后，决定为他与媛举办盛大的婚礼。他没有告诉媛，在他们家乡，喜宴，是一定要在男方家举办的，否则，必将招来亲戚朋友的嘲笑，认为父母没有能耐，连自己的儿子都留不住。他的父母，也曾一次次无比憧憬地，谈起他的喜宴。但他还是隐瞒了这个秘密，他知道：对于媛的父母，喜宴是他们一种变相的交际手段，他们骨子里的骄傲，是绝对不允许他们女儿的婚礼，在破败的山村里举行，遭人耻笑的。

他的父母，不知何时，学会了沉默。对于这场婚宴，他们没有说好，也没有说不好，只是托人捎话给他，说一定会坐火车赶去参加他的婚礼。但他还是不放心，甚至睡觉时，都梦见父母在喜宴上，每说一句话，都招来外人的哄笑。他为此曾小心翼翼地打电话给父母，暗示他们到时一定记得不要随便说话，以便惹得岳父岳母生气。

喜宴终于开始了。他在父母迈进豪华宾馆的时候，便红了脸。尽管穿了簇新的衣服，但他们的神态与举止，却是与周围的一切，如此不和谐。他只将父母安排到饭桌前坐下，便随了岳父岳母，去接待那些身份显赫的客人。忙碌的间隙，他偶尔瞥见父母：在角落里孤单地坐着，像是两个他极力想要摆脱掉，却还是躲闪不及的乡下亲戚。这是他们儿子的婚礼，却是与他们没有丝毫的关系。甚至，在最终开席时，因为涨红了脸的父亲始终结结巴巴地说不出一句上得了台面的话，一旁的导师，代表父母做了发言。他依了繁缛的礼节，一桌桌地敬酒，但那心，却是在周围人意味深长的注视里，碎掉了。

他在父母走后许久，还无法洗清烙在身上的难堪的印痕。半年后，他回家，去小姨家闲坐，聊起他的那场喜宴，小姨突然说：“知道吗？你的婚礼，给你父母留下了那么深的疤痕，他们从来都不愿在人前，提起你这个留在大城市且富贵起来的儿子。你不愿意他们去看望你，不愿意他们给你打电话，不愿意他们在你的岳父岳母面前露面，甚至是说话。可是，你不知道，他们也同样不愿意让人知道，他们曾有过这样一个忘记了自己根基的儿子……”

他一直以为，父母是自己笔挺的西装上难堪的一片菜汁，却是没有想到，原来，自己也是父母身上一团尴尬的饭渣。

双程爱

她是单位里的单身妈妈，离婚后独自带着孩子，来到这个陌生的城市工作。起初，她没有房子，也租不起，只能借助姐姐的关系，与6岁的儿子一起住在附近一所大学的女生宿舍里。怕儿子夜里睡得不适，她买了一个简易的垫子，自己打了地铺，守候在儿子床边。才很小的一个孩子，就有了羞耻心，每次出入女生宿舍楼的门口，总是低头快步地走；夜晚起来去女生洗手间，也要将她摇醒，让她去看一下里面是否有人。而且，儿子还知道讨好同宿舍的女孩子，懂得叫她们姐姐比叫阿姨会让人家开心。有时，她看到儿子毕恭毕敬地站在一旁，乖巧地喊“姐姐好”，她的心里会突然很疼，好像那一声是根尖锐的针，扎在她的心里，并瞬间见了鲜红的血。

她的薪水不多，等到后来租了房子，再除去日常的开销，便所剩无几，所以常常想给儿子买一件礼物，都要为难。一次，他们在商场里。一个小孩子朝爸爸嚷叫着要一艘电动飞船，那男人二话没说，立刻拿了两艘不同款式的飞船去了收银台。那时，她的儿子也正站在旁边，兴奋地抱着其中的一艘，试着在地上发动飞船。尽管儿子并没有让她也掏钱给自己买一艘，但她还是感觉到，他在经过那对父子旁边时，眼睛里瞬间燃起的渴盼和羡慕。她犹豫了片刻，想要转身回去将那个玩具买给儿子，儿子却突然摇摇她的手，冲她撒娇，说：“妈妈，我饿了，我想吃家门口的豆沙包，你买给我好不好？”她的鼻子一酸，眼泪差一点儿落下来，但还是克制住，蹲下身去，紧紧地抱一抱儿子，说：“傻孩子，当然好。”

半年后，儿子读一年级。有一天，她下班回来，看见儿子正蹲在洗手池旁，费力地洗着自己的衣服。小小的人儿，还够不着水泥砌的池子，袖子已经湿了大半，身上溅满了洗衣粉的泡沫，鼻翼上还渗出了细密的汗珠。听见她的脚步声，儿子回头冲她咧嘴一笑，说：“妈妈，今天我们老师布置的作业，让回家帮妈妈做家务。我自己洗衣服，算不算数呢？”她摸摸他瘦弱的额头，说：“肯定算数呀，如果我是老师，会给宝贝打一百分呢。”

第二天，她去上班，有同事出国游玩回来，将日本的青豆分发给大家，一人一袋。别人拿到后立刻拆开，津津有味地品尝起来。她也刚要打开，突然想起了儿子，便一脸喜悦地收了起来，并毫不避讳外人的注视，说：“回家带给我儿子吃，他肯定会高兴得跳起来，他最爱吃这些小零食了。”有人背着她小声嘀咕，说：“瞧，单身女人过得可真是心酸，一袋青豆都舍不得自己尝一个，而且穷得连点儿自尊也没了，这样的话怎么好意思当众说出来？”

有好心人悄悄地暗示她，说：“尽管知道你爱孩子，可以后还是最好说话做事内敛一些，别给人留下话柄，也别让人家看了笑话。”她愣了一下，随即笑了，说：“可是，我对这样的嘲笑，没有丝毫的感觉。那一刻，我只是想着我的儿子，就像他那么小小的人儿，为了一个住宿的床位，可以在人前一次次给足我面子一样。”

她知道，其实这样的话，也没有必要解释，因为爱从来都是买双程票的，当它们从她的体内流向孩子的时候，返程回来，携带的只会是更多的爱的蜜甜。

时间会告诉你

她嫁给他的时候，刚刚 20 岁。而他，则是比她的父亲，还大了两岁。

这样的结合，当然绝少有人祝福。她的父亲，早已咆哮着与她断绝了关系。母亲忍不住，结婚的时候给她打了电话，人却是哭得说不出话来。他的两个孩子，不仅不来参加他的婚礼，就连在路上碰见了，也不打招呼。他是大学里出名的教授，她只是因为没考上理想的大学，任性地来这所学校做了一名服务生。他说要让她跟着他读到研究生，她也觉得闲着无事，于是开始来上他的课。

有一次，他讲到朱自清，提到那篇出名的《背影》，说父爱是一种长在血液里的东西，除非做父亲的不在人世了，否则他对自己孩子的爱永远都不会停息。她听了，想起几乎是将自己打出家门的父亲，想起对无情的儿女也日渐冷淡下来的他，觉得这是谬论，或者口是心非。父爱怎能是与生俱来、相伴相生的呢？她固执地要打断他的话问个明白，而一向在课上对她百依百顺的他，却是头也没抬，便丢给她一句“时间会告诉你的”。

回家后，他们第一次有了争吵。吵完了，这个像她父亲的男人，便一个人待在书房里不再理她。她听见他在与谁打电话，小心翼翼的声音，像在哀求着什么。她偷偷拿起分机，听见他说：“孩子，你在学校里还好吗？爸爸很想你，真的，梦里都想。你又长胖了吧？别老想着减肥，女孩子胖点儿招人喜欢。最近，你给你哥哥写信没？他胃不好，记着别让他吃太油太咸的东西。我又给你们卡上打了三千块钱，记着一定别太省俭，不够了打电话告诉我……”

一直沉默不语的那端，突然一个很陌生的女孩开了口：“叔叔，你以后有事直接打到隔壁去吧。别再记错了打给我们听啦，你一次说这么多话，让我们转告她也有点儿麻烦哦……”

她一时有些茫然，在他的一声声“谢谢”里，才一下子恍悟：他原是用这种一次次故意打错的方式，让他的孩子们知道，做父亲的，不奢望他们的原谅，却希望他的这份深深的父爱，他们能知道。

几天后，她接到母亲的电话，说给她寄了最新鲜的桃子让她尝。她和母亲叽叽喳喳地谈一些琐事，却总是感觉那边的呼吸时轻时重地有些奇怪。她便在那边呼吸又变重的时候突然地问：“妈妈，您嗓子怎么了？”那边熟悉又陌生的一声“嗯？”让她一下子呆住了，竟是父亲，在那端听她的电话！

桃子是家里种的。她出生的时候正值桃花开，父亲从别处移来一株小桃树。转眼已是 21 年，桃树依然在院子里年年开出美丽的花，结出甜美的果，她却是被父亲撵出了那个小院，再也不肯回去了。

特快寄来的桃子，依然是饱满鲜嫩的。她一个个地拣出来放在盘子里，拣到最后一个的时候，泪，一下子涌出来。那个最大最红的桃子上，刻了鲜红的几个字：小艾，21 岁。每年取一个最好的桃子刻上她的年龄，给她做“寿桃”，几乎成了父亲的一个习惯。再也没想到，这样一个习惯，在她无情地伤了父亲之后，做父亲的，依然是记着；且那么认真地，将这份被时间沉淀下的爱，一如往昔地，刻给她看。

她终于理解他的那句话：时间会告诉你的。真的是时间有情。

校服里的父辈

在一个小花园里，我碰到一位散步的老人。他的脸上，没有过多的悲喜，表情有些忧伤，经过那些穿着时尚的人身边时，总会略带着艳羡，悄无声息地看上一眼。他的肌肤，因为长年的劳作，已经沧桑，犹如枯朽的树皮。而裹在瘦弱骨架上的那身独特的衣服，则将他与这个城市的格格不入，衬托得愈发鲜明。

那是一身中学生的校服。我从侧面，可以看见胸前印有“育才中学”几个小字。这显然是他读中学的孙子丢弃不穿的校服，他一生俭朴惯了，看不得浪费，絮叨几句，便自己拾起来穿上了身。或许家人会觉得不妥，说他几句，他却置若罔闻，似乎这一身校服，比儿子买的名牌西装，更让他觉得舒适。

校服原来的主人，当是一个热爱漫画的小男生，因为背后的空白处，画着一对牵手的小人儿，亲密无间地依偎在一起，旁边飞出一行可爱的彩字，写着：我要永远陪你在一起。想来，老人的小孙子，一定是心里喜欢上了某个女孩，而且异常大胆地在校服上表露出来。而老人定是看不懂这些的，校服在他这里，只是一件可以避寒的衣服，而且，是一件不应该被弃置一旁浪费掉的华衣美服。

想起自己年少的时候，最讨厌阔大难看的校服，没有别的学生的勇气，在校服上绘制自己喜欢的图案，或者写下信仰的格言，可以让校服变得另类一些；亦没有勇气，跟父母要额外的钱，买喜欢的棉裙，所以只好每日委屈地穿着校服，如一只被排挤走失的野猫一样，卑微地走来走去。

所以，中学毕业的时候，几乎是蜕皮一样地，迫不及待地从校服里逃出来，且再也不去动它。母亲却是从此，眷恋上了我的蓝白相间的校服。她穿着它下地劳作，外出买菜，在路上为一些琐事跟人争吵，或者因为疲惫，在田间地头睡了过去。有时候，弟弟会笑话她，说她是我的校友，而且，远比我对学校忠贞和热爱，可以将校服穿上几年而不厌倦。母亲总是笑笑，说：多好的衣服，结实，耐脏，穿起来从不会心疼，野生的一样，不娇贵。

我却因此有过自卑。记得是在路上，与自己的老师相遇。我很迅速地用老师的视线将母亲上下审视打量了一番，而后脸腾地红了。我第一次发现：穿着校服的母亲，在路人的眼里，犹如一个傻笨的学生，而且，带着一股子乡野气。之前，校服在她的身上，不过是一件勉强算得上得体的衣服，但在那一刻，我却窥见了校服的滑稽与尴尬。

我相信，老师一定是看出了我的难堪，所以不过是简单寒暄了几句，便告辞走开。而母亲，却不知趣地追赶上来，絮叨着说：“你们老师是不是不喜欢我呢，还是觉得我身上有汗臭味，怎么没说几句就走了呢？”我飞快地在前面走着，不理会母亲，并将她落下很远。那种混合了卑微、羞耻和疼痛的少女的心思，到如今，依然清晰地在心里记着。

后来，我走出了小城，并凭借着不懈的努力，可以挣钱给自己和家人买名牌的衣服。可是，始终未曾停止过劳作的母亲，却将我给她买的衣服，锁进箱子，继续穿着校服，在小城嘈杂喧嚣的街道上，走来走去。只是，这一次的校服，是被刚刚读了大学的弟弟遗弃在家的。

在我所居住的繁华的都市里，我常常会瞥见那些穿校服的成人。他们拉着堆满水果的板车，骑着装满了货物的三轮，或者站在十字路口的大风中叫卖，再或在夜色下为你端上一碗热气腾腾的馄饨。那些被他们的孩子扔掉的校服，裹着他们的身体，犹如秋天里裹着金黄外皮的玉米。

我知道，在这个城市里，有很多像我一样的孩子，在明亮的高楼里行走。我也知道，当我们的翅膀掠过高高的枝头，我们却不会忘记，将视线温柔又疼痛地抚过那大地上——穿着被我们遗弃的校服、低头行走的父辈。

互不相干的两段青春

我和晨，只见过一次面，而且那时还是懵懂少年，对于我们之间与生俱来的相似，一无所知。她却是我亲妹妹。真的。

那是 80 年代中期的事了。母亲在接连生下两个女儿后，终于对又一个接踵而至的丫头感到厌倦。这个女孩，在母亲的怀里，连奶都没有吃上一口，就被一个陌生的女人，踩着惨淡稀薄的月光，悄无声息地抱走。我那时并不懂得大人的忧愁，看到休养中的母亲吃喷香的鸡蛋，便不觉流了口水。母亲看见了，总是叹口气，招呼我坐到床沿上，将鸡蛋一块块地夹给我吃。我吃到幸福处，总是会问："那个小妹妹去哪儿了呢？"母亲从来都是言语含糊，说："当然是去她最想去的家了。"这样的答案，并不能让我满意，我所需要的，是具体到细枝末节的描述，就像透明糖纸上清晰的底纹，或是空气中飘溢的年糕的芳香；而母亲所能给的，则只是一个秋日落光了叶子的枝杈，光秃，冰冷，黯然无光。

十岁那年的夏天，我跟随父亲，第一次进城去卖雪糕。收摊的时候，父亲看看箱子里不多的几块雪糕，便安慰已是热蔫了的我，说："再坚持一会儿，等到了你远房大伯家，就可以吃了。”我就这样一路挂念着那几块雪糕，挨到了城里一栋漂亮的小楼前。出来迎接我们的，除了父亲所说的大伯大妈，还有一个大约七岁的女孩。女孩的小得意，让我迫切地想要与她分享父亲留下来的宝贝。没承想，她漫不经心地瞥了一眼，便大声嚷道：“我才不要吃这样的雪糕！”一旁她的父母，含笑看着她说：“挑拣惯了，什么东西都非要最好的，换一家，都养不起这样的丫头呢。”而我，并没有因此坏了吃雪糕的情绪，我甚至有些兴奋，想：这个骄傲的丫头竟然不与我争抢，真好。

那个午后，我一口气吃光了所有的雪糕。回来不停地拉肚子，但在母亲的责骂声里，我还是想念起那个面容秀气的女孩，想起她细细手腕上叮当作响的银镯、她歪头看人时眼睛里的漠然、她扔得满地都是的文具、她房间里堆满的毛毛熊。她生活得像一个公主；而我，却是因为几支雪糕，便被母亲训斥。第一次，我觉出生活给我带来的惆怅和空茫。也是第一次，我隐约从父母的谈话里得知，那个女孩，就是七年前被抱走的晨。我记得父亲在夏夜里细碎地谈起晨，说她与母亲一样，爱挑拣，吃饭也不专心，言语亦是刻薄，活脱一个母亲的翻版。母亲躺在凉席上安心听着，突然便翻个身，将一旁昏睡的我，拥进怀里。

我此后再没有见过晨，却是断断续续地，从父母的口中，得知了关于晨的许多消息。她在我风尘仆仆地为了高考赶路的时候，疯狂叛逆，与不良少年混在一起；四处骗亲戚的钱花，毫不惧怕父母的责骂；私自逃学去部队里找做军官的哥哥，又差一点儿爱上一个文艺兵。家境的优越，让她无须像我一样，为了一份安稳的工作，为了让父母过上城市人的生活，而拼命地念书，直念到最明亮的一段青春落满晦暗的尘埃。我终于如愿考入大学的那一年，晨也初中毕业，在哥哥的帮助下，勉强去了一所技校学习服装设计。

彼时，我依然自卑，在热闹的人群里，常觉得有无处可逃的孤单。而唯一可以拯救我的，就是写字，不停歇地写，将心内郁积的所有的恐惧、忧伤和怅惘，都用文字，来一一消解。爱情，只有在我的小说里，才会繁花似锦，一片妖娆。也曾经有过喜欢的男孩，但皆因自己的慌张躲闪，而擦肩错过。比我小了三岁的晨，在另一个城市里，却是俨然成了爱情高手，常常带不同的男孩回家，但并不与他们中的任何一个，生出纠葛。她只是享受爱情，享受被男孩呵护的感觉，具体这个给予爱的男孩是谁，她则不去关注。青春于她，如一块巧克力，绵软，香甜，而且，永远都会有人主动地跑来买单。

我在这样沉默又倔强的前行里，用文字，慢慢擦拭着一颗卑微到泥土里去的心。当四年的时光逝去，我收获的，除了文字，还有自信从容的芳华。一个从乡村里走出的女孩，她贫穷，她胆怯，她无所适从，但最终，她还是褪去了这层灰色的外壳，在耀眼的阳光下，露出色彩绚丽的翼翅。而晨，在技校毕业后，终因专业不佳，屡遭辞退。最后，她结交了一个有“能力”的男友，干脆丢了工作，过着天天逛街上网的自由生活。不久，她的男友生意亏损，急需用钱，晨将自己的所有都借给了男友。而这所谓的男友，也就在此时，销声匿迹，再无踪影。晨在无人相助的异地，被网吧老板赶出去，最后身无分文，又差点儿被人骗走。是好心的民警，帮她拨通了家里的电话，许久都没有她的消息的父母，这才知道她在外所受的苦。

母亲向我讲述这些的时候，脸上的表情始终是感伤的。这个一出生，便与她的生活再无交集的丫头，母亲以为自此从心里，会将其彻底忘掉，但还是像那零星的一点小雨，偶尔落在肌肤上，便倏地一下，将那微凉，浸到了心底。晨，这个与我们素不相识的女孩，却是因为那流淌的血液，而被我和母亲，以这样那样的理由，装作漠不关心地频繁提及。

后来，我研究生毕业，在喜欢的城市里找到一份喜欢的工作，又和喜欢的人相守在一起。而那时在一家工厂做临时工的晨，也即将结婚。听说，新郎是一个极普通的男人，与晨曾经交往过的那些张扬的男孩没有丝毫相似的地方。母亲在得知这个消息的时候，打电话给我，说：“那个胖丫头，终于肯安心嫁人了。”我诧异，想起十几年前见过的那个秀气柔美的女孩，便说：“怎么会是胖丫头呢？”母亲叹气，回说：“她自回来后，便懒于做任何的事情，当然就很快地发了福，大概，比你要重 40 斤吧……”

很多年前那个自卑的女孩，怎么能够想到，她与晨，从同一个原点出发，画出的，竟是这样两段互不相干的青春。而那繁华的，终会陨落；那寂寞的，也终会闪耀。而年少的岁月，就这样结束了。

父亲在城市里串门

住在遥远山村里的父亲，进省城来的第一件事，便是让我带着他去拜访邻居。我为难，问他要拜访哪个单元哪个楼层哪个房间的邻居。父亲掰着手指头算了算，说："六层楼三个单元，总共 36 家，我估计不出一个星期就能将你的这些邻居拜访完了。要是在村子里，走平坦土路，我一天就能将全村人家逛个遍。"我笑，说："可关键是，人家都关门闭户的，连我都不认识，更别说您老人家了。"父亲瞪我一眼，说："才进城几天，就把老家的风俗给忘了！你新来的不去人家坐坐，以后在家有困难了，谁来帮你？"

我费了好大劲儿，才让父亲勉强明白：城市里，住在你对面防盗门里的那个人，或许一辈子也不会跟你说一句话。邻居在这个喧哗的都市，已经只剩下最表层的意思，否则不会在门上安一个猫眼，防贼，也偷窥对面那个总在夜晚回来的男人。

但父亲还是拧不过理来，憋在家里沉默了几天，终于忍不住，决定去拜访邻居。他先敲开的，是对门晚归男人的家。男人照例不在家里，只有一个与父亲差不多同龄的退休老头和四五岁的男孩。父亲将从家里捎来的晒干的柿饼拿给孩子几个，说：以后左邻右舍的，多多照顾。据父亲说，老头看上去像个有知识的人，还让他进屋去聊。当然，他跟父亲没多少可聊的：父亲说的猪鸭羊牛，他插不上话；他说的老战友、老同事，父亲也听不明白。父亲却为此得意，说："最起码在小区花园里散步的时候，可以有个人打招呼了，而且，还能逗引他那可爱的小胖孙子说说话。"

随后，父亲又敲开了同单元的101房间。这家可没有对面老人的好脾气，是个中年男人，开了门，看见父亲手里攥着一沓让我帮忙打印好的"致邻居书"，以为是发传单的，防盗门也没开，便隔着"栅栏"问："什么事？"父亲看着"监狱"里的那男人，点头一笑，将一张纸递了过去，说："我是六楼房主的父亲，刚从乡下来，没带什么东西，过来拜访一下。"男人警惕地看了父亲一眼，冷淡"哦"了一声，便关了门。

父亲吃了闭门羹，并没有泄气，照例一家家敲门。有人估计只从猫眼里看了父亲一眼，便将父亲认定是个闲杂人员，不予开门。有人将父亲插在门口的"致邻居书"，当成某个小孩搞怪，看一眼便丢进了门口的垃圾箱里。有人则看也不看，丢一句国骂，便踩在了脚下。但也有一些，觉得奇怪，也不上楼，直接在单元门口的电话上，狐疑地问一句："你家老爷子是不是有什么毛病，怎么挨家挨户发什么传单？如果有病，最好还是送到医院里去，要不让左邻右舍觉得心里不安。"

我没好意思将这个人的话告诉父亲，却委婉地将别人不喜欢这样的打扰的意思解释给他听。父亲闷头吸了一支烟，脸上又现出走街串户才会有的轻松来。我有些担心他又有什么新的结识邻居的花招，试探着问道："爸，你以后不会再去敲这些邻居的门了吧？"父亲很爽快地答应道："爬楼那么累，我才不会再将那些发出去的传单捡回来呢。"

我的心还没有放下，便又接到了新的投诉。是三单元的一个住户，说父亲每天在小区花园里跟着录音机唱京剧，或者拿一自制的快板说唱，严重打扰了作为SOHO一族的他在家上班。一个尖嗓子的女人则说父亲唱得实在难听，他可以去公园里练嗓或者表演，在小区里，则对他们的日常生活构成了噪声污染。女人还扯着嗓子警告我说，如果再不阻止父亲的行动，他们会请小区的管理人员帮忙解决。

我知道，父亲其实是在用这样的方式，吸引那些“志同道合”的老头老太们走出家门，与他唠唠嗑，聊聊家常，或者什么也不说，杀盘棋也成。但为了完全阻止父亲的行动，我还是用大声训斥的方式，让不想给女儿惹祸添麻烦的父亲，接受了我的观点：此后不再跟人乱套近乎。

几天后，我下班经过天桥旁边的一个小店，远远地，便看到了父亲，正挤在一群老头老太的外面，半个身子探进去，目不转睛地看着什么。我走近了，才知道那是互不相识的老头老太们，自发组织的一个小规模打牌赌钱活动，输赢不过是几块钱，却让一群被社会忘记的老人们，在马路边上飞扬的尘土里，玩得不亦乐乎。

我没有打扰父亲，因为他在专心致志地跟别人学着牌技。他的手，揣在裤兜里，不停地掂量着，我知道那里面一定有一些他买菜剩下的钢镚儿。我隔着一些来往的人群，看着这位在城市里一直没有停息过热情的父亲，不知道为什么，心里突然涌起一股忧伤，为父亲，更为那些将父亲的一腔热情轰到马路边上的邻居们。

穿越思念的时空

每次出行，乘坐火车穿越广漠孤单的农田、树林、江河，总会从窗户里，瞥见那些寂寞的坟冢，它们立在田间地头，或者偏于安静的一隅，就像那些不知名的树木、花草、飞虫，不过是几秒，便消失在旅者的视线之中。

这样的坟冢，大多极简单、素朴，只用凸出的一方土，告诉路人：埋葬在其下的人，也曾经在这个世上，有过生命，曾经与我们一样，历经过曲折、磨难、苦痛，也安享过天伦、幸福、喜悦。许多，连墓碑也没有，若是走过，从长满青草、遍开野花的坟头，我们很难猜测出这个人的身份、年龄、姓氏、男女，甚或最初降临尘世的籍贯。或许，其中葬着的，是一位慈祥的母亲、一个夭折的孩子、一位孤寡的老人……不管他（她）有着怎样的身份，此刻，都归于尘土，只留思念给世间的亲朋。

这样的坟冢，在我生活了许多年的乡村，随处可见。那时，我一直以为，人走了，便会葬在自家田里，像昔日在世时一样，日出而作，日落而息，怡然守护着这方飘满轻烟、植满庄稼的土地，在清明时节时，还会有儿女供奉的瓜果菜蔬。在我儿时的记忆里，这些坟冢，犹如我所熟悉的溪流、果林、山坡、麦草堆，尽管没有墓碑，但我知道里面躺着的是谁。我常会将夏日夜晚随风而动的磷火，与这些人在世时的音容自然地联系起来；生病或者受了惊吓的时候，父母亦会“迷信”地去坟头烧纸，请求老人的魂灵不要将世间子孙的手拉得太紧。这是乡村最常见的习俗，人们固执地认为，逝去的人是有灵魂的，他们同样如尘世中的我们一样，会有思念与忧虑，所以尽管已处阴阳的两端，村里的人，依然会将他们视为具有生命的一员。

后来走进城市，才知道，不是所有的人，都能在走后，拥有一方可以让子女凭吊的坟冢。城市里寸土寸金，生前为金钱、房子、儿女奔前忙后、力尽筋疲的人，或许在死前的苦痛中，还要为安身的坟冢，费尽心机。曾经去过城市中一些价格不菲的墓地，俨然一个高档的小区，不仅有看护的门卫、负责的清洁工、勤劳的园林工人，还有播放乐曲的播音室、曲折的廊道、整齐的阶梯。人走在其中，看着一个个精致的墓碑，想：原来，人在逝后，也是可以如世间一样，享有对人炫耀的资本，或者被人艳羡的荣光。墓地的大小、奢简、价格，犹如世人所穿的衣服、栖息的房屋，只是迅速地一瞥，便可以猜出主人的地位与身份。一个墓地，原是一张名片，尽管人已不在，却浓缩了我们在尘世不肯停歇的追逐。

而那些在行走的旅途上一闪而过的荒冢，它们没有名姓，亦无面容，犹如人群中某个模糊的背影，不过是瞬间，便消失不见。我们所知道的，除了其内的人曾经来过这个尘世，便再无任何的细节。生命的来与去，一样的卑微。

许多时候，逝去的人，已寻不到坟冢。祭日的时候，思念他（她）的人，便在城市愈来愈稀薄的空地上，烧一些纸，默默地凭吊；或者，在房间里，对着逝者留下的遗物，忧伤回忆。那个曾经与我们一起生活过的人，他（她）生前风尘仆仆，走后，却在这个高楼林立的城市，找不到一块可以让儿女为自己掸去尘土的墓碑。

也有生前相隔天涯，无法团聚，逝后亦因为世人的阻挠，无法葬在一起的爱人，他们的坟冢，遥遥相望，继续着生前的相思。所以，很多时候，我宁愿相信人有灵魂，可以在凡身走后，不再受任何的约束，自由地在世间穿梭，寻找无法牵手的爱人。

有忙碌奔走的儿女，生前以这样那样的理由，为自己无法亲自孝敬父母，找合适的托词。而及至自己生命之火将熄时，才想起那已经不在的父母，于是便留下遗嘱：无论如何，都要让后人将自己与父母合葬在一起。这样，自己就可以永远地守在父母身边。这样的弥补，假如父母上天有知，会不会觉得感伤？生前他们需要的，不过是一杯茶、一缕微笑、一顿晚餐、一日闲聊。可是，那时的我们，要么在追寻功名的路上，要么在即将启程，去寻找利禄的岸边。至于日日牵挂我们的父母，则因为老迈无用，而被世俗的我们淡漠地忘记。直到自己将逝，才想起：相守，原是我们生命最初和最终的原点。

一直在想，究竟以怎样的方式，为自己的人生画一个句号？究竟，能否在生命的最后，丢弃掉一切的俗念，犹如一朵花的凋谢，或是一株草的枯萎，安静地离去？我曾经来过，这个过程，无人可以替代。而那豪华或者素朴的坟冢，不过是一件衣服，有，或者没有这一件，上面，是镶嵌的钻石，还是印染的花草，都已经毫无意义。只要，我在这一程里，爱过人，亦被人爱过，生命，便有了最动人的翼翅。

而这样的翼翅，可以让我们穿越思念的时空。

那个掉光了牙齿的老头

从你开始长牙的那一天起，他几乎天天注视着你嘴里的变化，看你咬着妈妈的奶头，吮吸自己的手指，还总是在手边可以触及的玩具上留下浅浅的印痕。他喜滋滋地注视着你牙齿的新鲜萌动，又抱着你自言自语地轻声吟唱：小乖乖，快快长，长大跟我去航海。

他抱你的时候，脚步总是很轻，拍打总是很柔。你的妈妈还会微微地嫉妒，说，没有见过这么粗鲁的他，曾经对谁如此温柔过。那时的你，会用手好奇地去抓他的下巴——那里总是有让你发痒的硬硬的胡茬，你看他轻俯下来，装作要扎你小脸的样子，总会咯咯地笑，笑到他的脸上满是幸福的柔光。

你开始学习走路的时候，他买了最好的学步车给你，又半弓着腰，引领你一步一步向前迈步。你总是走得不亦乐乎，一圈下来，你嚷嚷着还要走，他却捶捶累酸了的腰，笑骂你一句：“兔崽子，等你能跑了，你老爸怕是想追都追不上你了。”你听不懂他的话，只兴奋地指着前面一株漂亮的花朵，示意他带你去采。

你终于可以自如地走路跑跳，你满大街疯跑着追赶一只蜻蜓，他则满大街追赶着你。你跟小伙伴玩得大汗淋漓，听见他喊你回家吃饭，你躲到一堵墙后面，又示意小伙伴帮你撒谎，说不曾看到过你。你拿他给你做的弹弓，打碎了隔壁家的玻璃，他拿一块新的玻璃去给人家赔礼道歉，你则嘻嘻笑着从他兜里偷几个钢镚儿去买雪糕。你跟人打架，捂着被砸破的脑袋嗷嗷哭叫着回家，他一边心疼地给你包扎，一边骂你："臭小子，下次再惹了事，别想进这个家门！"你知道他说的都是假话，所以也便一次次在外惹是生非，而后由他处理"善后事宜"。

你还经常生病，一次次地让他在半夜里骑车载你去医院。你在昏暗的医院走廊里，坐在连椅上，看他奔来跑去地给你拿药。他的脊背温暖而且结实，已经读小学的你，还可以借生病的理由，趴在他的后背上，让他背你上楼。你还傻乎乎地问他："我会不会死？"他便笑你，说："老子还没死呢，你急什么？"说完了便拧拧你的耳朵。你"哎哟哎哟"地叫着，一抬头，看见他正慈爱地注视着你。

后来有一天，你们沉默寡言地面对面坐着吃一顿平常的午饭。他突然走到镜子旁，左照右照，又将两根手指伸到口中去，蹙眉拨弄一会儿，终于还是微微叹口气，重新坐回到餐桌旁。你根本没有注意到他吃饭的时候，咀嚼动作渐至缓慢。他还抱怨你的母亲，说菜怎么越炒越生，让人连咬都咬不动了。那时你的牙齿，正有力地嚼着一块只有七分熟的牛排，而视线，则目不转睛地盯着最新的一场足球比赛，你甚至都没有听到他究竟在絮叨什么。

事实上，你们之间很少再有交流。你不常在家吃饭。你记得最新爱上的女孩喜欢吃油焖大虾、爱穿艾格的粉色小衫、钟情梁家辉主演的电影，但当你的母亲偶尔让你给他买一些东西时，你总是理直气壮地说：谁知道他喜欢什么呢，不中他的心意，生了气抱怨我，还不如不买。

他过生日那天，你被母亲提醒着，好歹提了两瓶好酒回家。他见了眯眼笑得合不拢嘴。你恰好站在门口，回头看他，突然发觉他的嘴巴里有东西在闪闪发亮。你这才发觉，他不知何时竟是镶了三颗金牙。你没有问他在哪儿换的牙齿，却是背着他偷笑着对母亲说：“他干吗镶金牙呢？真是俗气，看上去像个没文化的暴发户。”

你的儿子开始会走路了，四处调皮地乱跑，他闲着没事，便过来帮你们看孩子。你总是看到你的儿子在院子里飞跑，从来都不会喊累，他却坐在椅子上，让这个小屁孩跑慢点儿，否则小心跌倒了将牙齿磕掉。你让儿子听爷爷的话，儿子却说：“不听不听，是爷爷走不动了，才不让我乱跑！”说完，儿子又一转眼珠，嘻嘻笑着对你说：“爸爸，你把那个我用过的学步车给爷爷用吧，他走得快了，就能陪我一起出去跑了。”他听了哈哈大笑，你却瞥他一眼，看见他双腿上：曲张的静脉，像一条条骇人的水蛭，不动声色地吮吸着他最后的汁液。

某天，他坐了轮椅，在医院的走廊里微微闭眼晒着太阳。你拿着一沓化验单，去找医生。经过他的时候，看见几个小孩子正将石子偷偷放到他脱下来的鞋子里，你气恼地追赶着那几个小孩，他们却笑着满医院跑，一边跑、一边还唱着童谣：老头儿老头儿玩火球儿，烫了屁股抹香油儿；老太老太玩火筷，烫了屁股抹香菜。周围的人皆跟着大笑，你看见他也咧嘴在阳光下笑了。然后，你便听见其中一个小孩尖声叫道：“嘿，看那个糟老头，牙齿全掉光了！”

你看见，他下意识地去捂住自己的嘴巴；而你，则扭过身去，假装什么都没有看到。可是，你却清晰地感觉到，那一刻，你的心，正代替了眼睛，穿越一重又一重繁盛无边的光阴，一直回到你曾经张着没有几颗乳牙的小嘴，含混不清地喊他“爸爸”的那个原点。

当父辈的爱情来到城市

父亲53岁的时候，被一个远房亲戚招到城市里去做园林工人。他怕母亲一个人在家里憋闷，便将母亲一起叫了来。两个人在工作的市郊租了间小平房，自此便开始了他们的“打工生涯”。

这个城市发展得很是迅速，父亲每月400元的工资，除去租房和吃饭，几乎没有剩余。但母亲还是很满足，她打电话跟我炫耀，说：“今天你爸带我去了‘银座超市’，还坐了电梯！那么大的超市，要不是你爸领着，我非得走丢不行。”我问母亲：“那爸给你买什么东西了没有？”母亲便笑，说：“我不缺什么东西啊，就是想看看城市是什么样子的。你爸说只要有空，他就带我出去逛，走走城市的大马路，看看晚上漂亮的路灯，过过城市人的生活。”我知道母亲是虚荣，一心想像我的几个姨妈一样，住到城市里去。尽管她也知道城市的喧嚣和繁华，于他们并没有什么用，但能住在斑斓的城市里，看看她曾经向往着的生活，亦是开心。

我问父亲要不要钱，两个人在市里住，比不得乡下，出门就需要花钱。父亲说：“你们留着供房用吧，我和你妈，过得很好，还能像人家城里的退休老人一样，晚上吃完饭去广场上溜达一圈呢。我现在又多兼了一份活儿，每月还能攒下点儿钱呢。”我笑，说：“有钱花掉多好，攒钱干什么，你们又不需要像年轻人一样供房子。”父亲狡黠地笑了两声，悄声说：“这可是个秘密哦，你妈我都不告诉的。”

我不知道父亲究竟有什么样的计划，连母亲都不肯告诉。但猜想不过是等到母亲生日的时候，给她买份礼物，让她觉得惊喜吧。除此之外，他一个园林工人，在这么大的城市里，除了混得上饭吃，还能有什么能耐呢？

几个月后，我去父母居住的郊区看他们，很惊讶父母的生活方式竟是与以往有了很大的不同。父亲需要每天早起去上班，母亲便也陪着他起床，做饭给他。父亲骑车走后，母亲开始收拾房间，还在房前房后的小片空地上种了青菜——这样便可以省下一笔买菜的钱。白天，母亲没事，便帮助附近做生意的夫妻看孩子，每月竟也可以赚到一些钱。下午，父亲下了班，吃完了饭，便带着母亲去散步。过马路的时候，他总是紧紧牵着母亲的手；有车过来了，还老远呢，他就拦住了母亲。我在他们后面，看他们悠闲地走着、说笑着，跟这个城市有闲有钱的老人们一样自在，似乎这里的一切，原本就是属于他们的。我们这一代人在城市里所承受的恐慌、压力和寂寞，于他们，竟是没有一丝一毫。他们对每一棵树、每一株草、每一栋楼，都充满好奇，满怀热爱，似乎他们自己居住到哪里，哪里便血液一样注入他们的生命。城市的生机，与他们个人的欢欣，便这样融为一体。

这样的心态，是我所没有想到的。我本以为，他们会像我们一样，在巨大的买车供房的压力下，活得心力交瘁，进而两个人互生反感。没承想，他们却比以前，愈加旺盛且欢喜。

等到我把父亲的秘密套出来的时候，又是大大地吃了一惊。父亲说，他要努力攒钱，买一室一厅的二手楼房给母亲住。我开始还笑他，说：“怎么可能呢，你都 50 多岁的人了，怎能和我们年轻人比，还是别做这样不切实际的美梦了吧。”父亲便急，拿出他崭新的钱包来给我看，说：“我都开始行动了，怎么能说是做梦呢？我早就看中了一套二手的小房子，在郊区，可是交通好，周末我可以骑车载着你妈去市里逛街；虽然旧，不过我自己粉刷一下，跟新的没什么区别。加上以前我们攒的一些钱，再挣上两年，我就能让你妈住进去了！”

记得母亲曾经跟我说过许多次：住楼真好。我总是不耐烦，说有什么好呢，那么死贵的房子，每次想起来要还贷款，都觉得烦乱，怕是房子供下来了，两个人的感情也淡到虚无。从没有想到，原来，母亲的向往，并不只是虚荣。她与许多将孩子送进城市里的父母们一样，其实是希望在自己的后半生里，能有楼房可住的。

而父亲，却是将母亲的话，默默记在心里，且一点点去实践着的。他没有更多的钱可以买名贵的衣服给母亲，可是他会牵着母亲的手，领她一点点地将整个城市逛遍。他没有几十万的存款可以让母亲住明亮宽敞的楼房，可是他会拿出仅存的几万块，给她买二手的楼房住。他无法让母亲过像退休老太太一样有保障的生活，可是他会在饭后陪她散步，而且告诉她：两年后，他会让她和姐妹们一样，住进可以看得见城市风景的高楼里去。

当我们的爱情在打拼里变得伤痕累累、皱纹横生，当我们将最美好的30年献给了房子、车子和物欲，当我们的双手只记得钞票的温度，却忘记了牵手的温情，那么，我们在飞速向前的城市里，怎能将缠绕相依的根，深深地扎进水泥里去？

而曾让我们不屑的父辈们的爱情，在田地里，是一株挺拔结实的玉米；在水泥地上，亦可以做根根相连、枝蔓相接的法桐，任岁月再怎么冲刷和吹打，依然是唇齿相依，不弃不离。

尘世里最美的相守

楼下的小饭馆里，常见到一对相扶相依来吃早餐的父女。父亲满头白发，走路蹒跚，大约有 70 岁的样子。做女儿的，30 多岁，却是神情羞怯、视线低垂。基本，略略智障的她，除了父亲，是不会与任何人对视相聊的。

他们每次来，都坐在最靠角落的位置。老板显然已经与他们相熟，假若他们未到，有人要坐那里，他即刻会阻拦住，为客人另寻坐处。即便是他们不来，那位置，也会空着。有人便提意见，说："他们又没有买下来，何故不许别人来坐？况且，他们来了，现起身相让，也不为迟。"老板对这样的争执，并不做解释，只说："让他们坐在那里，不被人扰地安静吃一顿早餐，也算你我行一件善事。所以，大家还是体谅一下吧，实在心里憋屈，就当成老板我包了不成？"

这个位置，自此，便少有人再争。这对父女，当然不知道背后的摩擦。每天清晨，做女儿的，像个小女孩，打扮一新，要么躲在父亲身后，要么低头挽着他瘦弱的胳膊，从家里行至饭馆。一路上，总有人朝做父亲的打招呼，问："身体还好吧？"父亲总是微微笑着，点头简洁地道声"好"，便少有言语。这样日常的问好，对于做女儿的，却似乎是种煎熬。每每有人看过来，她便将头，埋得更低，就像一株敏感柔弱的含羞草。

所幸从家至饭馆的距离并不算远，大家都忙着上班、晨练、排队买早点，无暇他顾。这倒让做女儿的，一路可以赏赏风景；偶尔，还会细声细气地，问父亲一些天真的问题。这样安静的一程行走，对于他们，是种幸福。父亲满足于女儿一脸稚气的提问，似乎，她的单纯的信赖和倚靠，让这个老到无用的男人，又成为年轻时那个顶天立地的大丈夫。而女儿，则始终像靠着一座坚毅挺拔的大山。她的智力，或许尚不能明白，生老病死，乃是人生的一种自然规律，亦不能想象，假若有一天，父亲离开了她，她又该如何生活。她只是安然享受着这样每日有父亲相陪的散步；享受在拥挤的饭馆里，父亲为她掩住人群的视线，又将韭菜花，细细撒在她的碗中。

我曾经仔细观察过他们吃饭时的神态。父亲慈祥、和蔼，牙齿不好的他，嚼蒸饺的时候，总是很慢，就像一个电影里抒情的慢镜头，时光在那一刻，有感伤的静寂。他显然已经老了，老到拿汤匙的手都显出迟钝。但他并不会忘记帮对面的女儿搅搅热烫的豆浆，或者往她的小碟里倒一些辣酱。他还随手带着她爱吃的腐乳，看她像个几岁的孩子那样，用一根筷子蘸一蘸，而后放到口中用力地吮吸干净，此时的他总会怜爱温柔地笑笑。

而女儿，总有一个剩饭的习惯，每每喝到一半，便任性地将碗推到父亲面前，看父亲一口口喝下去了，才心满意足地绽开笑颜。她吃饭快，吃完了便像听课的小学生似的，安安静静地坐着，等着父亲。吃不完的油饼，她还会用自己带的饭盒盛起来，放入军绿色的书包里。自始至终，她的视线都不会离开父亲，就像那里是一个安全的港湾，一旦驶入，她一生都不愿离开。

我从未见过女儿单独出来过，饭馆老板却给我讲了一次例外。那是去年的秋天，父亲下楼为女儿买饭的时候，不幸跌落下来，小腿骨折。尽管请了护工，女儿不必担忧，那天她却例外地出了门，到饭馆里，要父亲喜欢喝的豆腐脑。老板知道她怕人，让她去角落里坐等，她却执拗地不肯去。她就那样低头站在人群中，被许多人有意无意地看着，脸上，是努力要隐藏住的慌乱和惊惧。老板很快地将父亲爱吃的早餐打包，交给女儿。女儿接过来，看了一眼，并没有转身离开，而是低低地，恳求老板：“能不能，多加一些韭菜花？”老板当即心底一软，拿了一个小袋，温柔地拨了大半的韭菜花进去。

老板说，究竟还是做女儿的，尽管智障，却记得，做父亲的最喜欢吃韭菜花。而那样一个恳求，几乎让老板这个粗粗拉拉的东北汉子，差一点儿，就流下泪来。

听说，曾经有人好心地要给女儿找个人家，这样，当父亲不在了，也会有人照顾女儿。可是，做女儿的，把自己锁在屋里，绝食许多天，直到父亲答应不将她嫁出去，她才乖乖地再次跟父亲下楼。这个日渐老去的父亲，在老伴走后，本可以跟着儿子，去南方安享晚年，却因为女儿始终不肯离开北京，而拒绝了儿子的孝心。他宁肯自己一步一歇地下楼买菜做饭，也不愿丢下这个完全将他当成臂膀倚靠的女儿。

这对父女的彼此相扶，对于外来居住的人，或许只是一道残缺的风景；而对于经年居住此地的人，则是一种幸福的彰显。没有人，能够像他们那样，给予我们如此生动细腻的爱的启迪。每一天，看到他们出现在小区的花园里，人们的心底，便会品出真实恬淡的幸福。

而我们居住的尘世，亦因此，始终值得我们留恋、珍惜。

乡下的月光，是有轻盈的翅膀的，它从高高的烟囱，飘到青灰的瓦上，又落在静默的灶台上，而后融入薄如蝉翼的霜中。它还有清冷的声音，细碎的，窃窃私语的，微凉的，似夜里母亲哄孩子睡去的小曲，或者路上夜行人清晰短促的呼吸，再或影院散场之后，杂沓寂寞的脚步声。

月光·翅膀

轻放

走廊里的声控灯，很早以前就坏了。每次走到门口，同租三室一厅的几个人，都会习惯性地叹口气，在黑暗中摸索着将门打开，又重重地关上，似乎想要以此发泄对那一脸晦暗的廊灯的愤恨。楼下的小卖部里，摆设了各种各样的灯泡，而且价格低廉到不过是坐一站公交的价格，但包括我在内的所有人，却谁都没有想起，在买泡面的时候，顺手捎带一个灯泡上来。而那盏灯，也就这样沉默着，一日日听我们的跺脚声，“砰砰砰”地响了又响。

父亲过来看我，走到门口，看见我费力地用手机里微弱的光线照明，立刻放下手里的东西，说声“稍等”，便下了楼。不过是几分钟的工夫，他便拿了一个灯泡上来，一声不响地安好。然后，他轻轻一击掌，昔日黯淡无光的走廊，便瞬间有了温暖通透的光亮。我站在门口，看父亲脸上淡然的微笑，便说：“你可真是光明使者呢，你一来，这灯就好了。”

父亲却扭过身来，正对着我，说：“其实，路过的每一个人，都可以是光明使者呢，不过是一块五毛钱的灯泡，顺手就捎过来了，何必每次总是叹世风日下，却始终自己不去动手呢？”

我笑，说：“可不是人人都像您这样乐于助人的。各人自扫门前雪，哪管他人瓦上霜？况且，这还是租来的房子，而这走廊，也属于公共区域，不只我们这一层，楼上的人也都要从此经过呢。”

父亲没吱声，只拿起身边的扫帚，边一层层地扫着楼梯上丢掉的烟头、纸屑、菜叶，边哼起他惯唱的京剧。有人从他身边经过，他便停下打扫，将身子朝楼梯一侧，又朝来人笑着点一点头，表示让对方先行。而路人总是诧异地看父亲一眼，又微微地停一下，这才在父亲的笑意里，慌乱地点一下头，匆匆离去。那脚步的失措，看上去有些逃的意思，似乎，他遇到的是一个神经稍稍有点儿错乱的老人。

我在晚饭的时候，便抱怨于父亲，说：“何必对陌生人这样殷勤？他们指不定在心里觉得你有毛病呢。”父亲呷下一口酒，道：“我管不着别人心里怎么想，但我心里开心就可以啊。况且，我就不相信，你对别人微笑，他还能泼你一盆冷水不成？所谓寻开心，就是这样，你不去自己主动找，它怎会自登家门？”

几日后，翻起账本，突然想起一个借钱的熟人，彼时他信誓旦旦，说三个月后肯定一分不少地全都打到我的账户里来，却已经过去两个月了，他不仅没有打钱，连一个解释的电话都没有。气愤之下，我拿起电话便要质问熟人。父亲得知后却是将我拦住，说："钱既然已经借出去了，就不必再催了。"我不解，说："难道就让这笔钱这样白白地给他了不成？这样不守信用的人，你又何必跟他客气！他不仁在先，我又为何再做君子！"

父亲一声不响地拿过我的账本，将我记下的"还款日期"一栏用一道线勾掉，这才说："何时你将心里那个还款的日期，也一并改成无期限的时候，就不会像现在这样气愤了；假如人家忙得忘记了，你过去一通责问，那岂不是彼此坏了感情？一笔钱丢掉不要紧，连带地连一个朋友也给弄丢了，那就得不偿失了。"

我依然心里憋闷，说："可是我觉得这个人根本就是故意忘记的。我刚刚听说他借过别人的钱，每次别人一催，他就推说下个月还，结果是几个月过去了，还是没有丝毫要还的迹象。"

父亲依然不紧不慢地喝一口茶，道："如果他真是一个常占便宜的人，那你这钱，丢了也没有关系。能够用钱测出一个人的深浅，并在以后的路上，尽可能地远离这样的人，不是更好吗？况且，如果他不打算还你，你再怎样的催促，也是得不到这笔钱的。不如心中先自放下，这样轻松的是你，而他，则会在你的安静里，心里有小小的失落与不安。"

隔着十几年的光阴看过去，我第一次发觉，硕士毕业的我，从书本中得到的那些东西，在没有读过几本书的父亲面前，原来是如此苍白且无力。人生中一切矛盾的化解，并不是拿尖锐的刀子划过，而是那最素朴、最温暖的轻轻一放。

寻找唐放

她一直记得唐放，不是因为仰慕，亦不是因为他曾经多么偏爱于她。事实上，他差一点儿就忘记了曾经有过她这样一个学生。

她只做了他很短一段时间的语文课代表，是因为前一任课代表闹情绪不做了，她才被他点了名。她那时还是一个十四五岁的小女生，对于他的那种豪放不羁，丝毫不能理解，只是隐约觉得，他与一般安分守己的老师是不一样的。他喜欢写诗，常常在下班后，别的老师都回家吃饭时，在洒满夕阳的办公室内，伏案写作。他的字龙飞凤舞，所以为了投稿时编辑可以看清，他会让她帮忙在方格稿纸上抄写一份，而后再为他装入信封，投到邮局门口的绿色信箱里去。她不知道那些文字，究竟会不会被编辑们仔细地阅读。她总怀疑她帮助投出去的那些稿件，全都石沉大海，因为她从未听他提起过它们的命运。而且那时的他，特别凶地抽烟，是蹲在办公室门口的台阶上。她每次去办公室取批改好的作业，看到他蹲在那里抽烟的姿势，总是莫名其妙地觉得难过，似乎那一刻的他，是个无人领取的迷路的孩子。

他还饮酒，常常喝得半醉，忘了该上的课，她便去喊他，绕大半个校园，在家属区最后一排红砖青瓦的房子后面轻轻敲打他的窗户。有时候会恰好碰到他与妻子吵架——为了鸡毛蒜皮的小事，大约是因为经济上的困窘。这当然是她猜测的，因为后来她无意中看到他的妻子：在食堂里开了一个小小的窗口，卖自己做的饼或者粥饭。冬天的早晨，天还很黑，她透过路灯，看到他的妻子在窗口里探出头来，将饭交给学生，又哆嗦着手，收好零碎的钞票。那时的她，突然明白为何他会蹲在地上，而不是放眼四望去看这个世界。

但这样黯淡的生活，依然掩不住他横溢的才华。她毕业的那一年，听说他的文字，开始在全国的各大报纸上频繁出现。她偶尔看到，依然是熟悉的那种沉郁和忧伤，犹如他上课时，时常会在学生的读书声里走神，似乎是在想着渺远的心事，又似乎什么也没想，只是惆怅窗外那片即将凋零的樱花。

她那时晚熟，一心只顾着埋头学习，丝毫没有像别的女生那样，热烈关注着诗人气质的他，所以毕业的时候，她考入当地最好的高中，而且语文得了最高的分数，却并没有想起去向他致一声谢谢，或者送一张小小的卡片。

这一过就是十几年。在这一程漫长的人生里，她历经了闪婚闪离，还去国外走了一圈，回来后换了几次工作，最终在北京一家待遇不错的科研单位，谋得一个算是长久稳定下来的职位，而且，因为科研的成绩，被许多家媒体争相报道。而关于他的消息，则只是从同学口中偶尔得知：他终于辞了职，去了上海，听说，是在一家声名很盛的报社。

如果没有他的来信，她想这个叫唐放的男人，将永远消失在她的视野之中。那封来信，没有署名，只是说最近看了关于她的一篇报道，为她所取得的成绩感到欣慰。她经常收到陌生的仰慕者的来信，所以权当是同样的一个青睐者，只轻松几个字，便回复了此信。此后，这样简短的信件，她又陆续收到过几封。直到其中的一封里，他突然说：“那时你是一个多么柔软的孩子，每一次在教室里看到你，都觉得像一尾小小的鱼，我不知道谁会能够温暖地保护于你。”她读到这里，才突然间猜测：写信来的这个人，有可能是他。

此后的一个星期，她一直执拗地寻找并确认着这个陌生的来信者——便是唐放。她用百度将他的信箱搜索出来，看到一些散落的剧本、连载的小说、短篇的评论，所有的署名都是隐匿的，不知道是不是他，还是另外的一个人。可她还是在搜索到那个紧跟着信箱的 MSN 后，立刻去加了他。

那边竟是很快地通过了，而且，他还在线。她语气里带着一股子想要得知结果的急迫，匆忙地问他是不是唐放。她一连问了四次，都没有得到他的任何回应。她不死心，一遍遍地回忆那些与他有关的细节，告诉他同学录上曾经有许多学生，都怀念他写过的诗歌，或者发表的文字；告诉他听来的那些与他有关的消息，又问他是否依然待在上海，还是去了其他的城市；告诉他自己以及那些他教过的学生华丽缤纷的生活。她觉得自己近乎一个喋喋不休的老人，在这里与一个回忆中相关的人絮叨那些过往。可是，网络那边的他，却自始至终，都没有回复她一个字。

她终于通过层层关系，打通了一个依然在那所中学任教的老师的电话，又装作漫不经心地，聊起了他，然后便惊讶地得知：唐放在辗转了许多的城市之后，曾经试图回到当地的那所中学，却因为再一次与领导闹翻而被免职，之后便一直待业在家，靠在马路边上，做一些时刻提防城管严查的小生意，维持生计；他依然写诗，或者小说，依然抽烟喝酒，而且比之于从前更甚；他断绝了与许多过去友人的来往，成为那个小城里，一个近乎颓废无用的男人。

她终于止住了继续询问 MSN 上那个头像忧郁的男人，究竟是不是唐放的脚步，也不再费力地去网上搜索一切关于唐放的信息。她想，其实，他在网上的缄口不言，包括在被认出后，再也没有回复过她只言片语的沉默，就已经证明了他的落魄和无助。继续寻找，满足的是她的好奇，刺伤的却是他不堪一击的灵魂。

或许，让唐放在俗世生活里安静地吸一支烟，或者饮一杯酒，才是给予一个曾经热情奔放，而今却穷困潦倒的诗人，最真诚的怀念。

疾行之病

朋友讲一个山东人急性，是读书时交过的笔友，第一天刚刚收到他的信，介绍自己兴趣爱好种种，想要与朋友做精神上的子期和伯牙，第二天便又收到他的第二封信，急切地指责朋友说："我给名人写信还很快收到回复了呢，给你这无名之辈写信怎么就一去杳无音信？"朋友惶恐，恨不能插翅飞过去，安抚他那颗快马加鞭飞驰着的心。

想起几年前大学毕业的时候，一个人在城市里奔走，同样性急，每日上班，谨记新人法则，兢兢业业之外，做事走路总是一路小跑，试图赶紧拉近与前辈之间的距离，飞速赶上去，让总也记不住自己的领导，可以在视线扫过人群时，在我的脸上留下片刻赞许的目光。我记得自己在单位总是第一个赶来上班，又最后一个带着疲惫离去。我对领导或者前辈布置的每一项任务，都以飞驰的速度交差，并在他们心满意足的笑容里，觉出自己的价值。

可是这样的付出，却并没有换来同事领导的认可。单位的车轮，照常运转，并不因为我的加速，而让我脱离新人轨道，一步跨入优秀员工的行列，反而因此招来了新人的嫉妒和前辈的神经紧张；而领导也几次暗示：不必如此追赶，让同行的人跟着一起生出压迫之感。终于在一次提交某个项目的方案时，因为连日加班加点，身体无法承受疲惫，某一天清晨起来，再也无法在自己规定的十几分钟内洗脸刷牙吃饭下楼，去赶公交车。

只能请假赶去医院看病，依然是心内焦虑，想着无论如何，都不能在关键时候落后于其他同事，让别人抢了先去，否则前功尽弃，一切都付诸东流。于是便急急地挂号，去找看病的大夫，可惜进门后只有一个护士，悠闲地剪着指甲，看到我来，便努一下嘴，示意我坐下。我却直接一步跨到她的面前，说："我赶时间，大夫在哪儿？我想尽快开药后回去上班。"护士看我一眼，慢慢道："你赶时间，可是时间并不赶你。先坐下等吧，大夫开会呢，最快也得半个小时。已经病了，何必急这点儿时间？"

我几乎与她争吵起来，我说："耽误了我的上班时间，你们负得了责吗？疼痛不在你们身上，你们当然不急！"她淡淡瞥我一下，并不与我计较，只是扫一眼走廊坐在连椅上同样等待的病人或者家属，说："这里已经够好，有些人为了去好的医院看病，只是排号就要排半个月呢。医院有医院的运行速度，总不至于为了某个人，就修改了时间吧，那样，怕是又众口难调了。所以，还是心平气和坐下等待，着急上火也于病无补。"

大夫终于等来的时候，只看了一眼，便让我尿检，而后又是缴费、拍片，等化验结果。就连中途去厕所，都需要排队等待。折腾下来，当初的急躁，快被磨平，知道即便是插上翅膀，也不能在一秒钟内，将所有程序办完，所以还是耐下心来，慢慢去进行。

拿到所有检查结果的时候，大夫终于下了定论，说我是心焦过度，引起身体发生病变，内分泌系统紊乱，各项机体功能也受到影响，所以除了吃药，最好还是回去好好吃饭，慢慢调理，否则病难以根除。大夫是个温和年长的男人，看我气色苍白、心内焦灼，便劝慰道："这么年轻，急什么呢！知道疾病的疾是什么意思吗？就是你平日走得太疾，又心内焦急，所以身体才罢工不行，落了下来。跟我比起来，你还差着 30 多年呢。慢行去走，既能欣赏风景，领略世情，又能有益身心，交得知己，所以何必着急？”

那是我从大夫那里，得到的最有用的药方，比之于其他一大包用来调理的中药、西药，它的疗效，最为显著。出门的时候，在走廊里遇到的病人，神色里几乎有同样的焦躁不安。有人急迫想要知道腹中 7 个月胎儿的性别，于是四处托人给医生送礼；有人因为开车过快，撞上墙壁；有人吃饭过急，将食物呛入气管；有人喝酒太急，引发胃部出血；有人长大过急，吃各种促进发育的所谓良药，却引起病变；有父母盼孩子成龙成凤太急，反而让孩子厌学出逃，甚至割腕自杀。

而这样的急迫，终于让我们以及周围的人，付出了身体上或者精神上的代价。往往是等到停下脚步，因为急促“刹车”，引发新的事故，并连医治的药方，也无处可寻。

爱之养与痒

报载，青岛一女子，在路边发现一受伤白鸽，遂带回家中，悉心调养。待其康复如初，女子便准备放生，不想，却是再也放不掉了。白鸽不仅原路寻回家门，而且此后与女子左右相随。甚至女子上班、散步、打车、逛街、办事，白鸽皆安静站在其肩头，既不扰乱，也不离弃。这段人与鸽的奇缘，被好事记者拍下，发于报章，竟是引来喝彩一片，皆说：此鸽真是通了人性呢。

但记者只关注鸽恋上人的结果，独独忘了报道：这女子在此鸽受伤之时，究竟如何在外人的漠视里，温柔地将其捧回家去；又花费了多少气力，为其包扎伤口、喂水喂药、安置窝巢；而待其完全康复，为博其信任，女子又耗去了多少爱与时间。这些，皆被记者隐去了，没有报道。读者只知，鸽如此依恋一个人，是世间奇事，但奇事之后，却不再深究。其实，天下所谓奇事，皆有根源。女子的付出，如若深探，断不会亚于鸽的眷恋。作用力总是等于反作用力，爱的付出与回报，大抵也是如此。爱没有奇迹，之所以称奇，只是世人未绕到爱的背后，看其究竟。

闲日去买紫砂的茶壶，逐一看过去，被造型和材质弄到眼花，竟是不知该选哪个。小姐便笑：其实，紫砂壶重要的不是选择，而是如何去养。一盏壶犹如一个人，只要在起初，你能够用好茶，精心去泡，让其充分吸纳茶的清香和精髓，直至最后从内到外，都浸润好茶的芬芳，那么，两年之后，即便你日日放一般的茶叶，也能喝到上品茶的味道。反之，如若不善侍弄，则会坏了你其后的品茶之日。

但小姐没有说明，这两年的时间，究竟要付出多少的气力，来养这盏壶，方能在以后长长的午后，品到上品茶的甘甜。这每一缕味道，怕是要花费十分的细心来养的。一个“养”字，只从构字法上，就可知道，需要人勇闯三关，方能达其畅通无阻的境界。

及至一块玉，一枚银饰，亦是如此。玉佩戴时日长久，会吸纳人的温度，通达经脉，更现其温润澄碧之色；而那精心爱护的人，也会得其精华，颐养肌肤。在玉，此处之“养”，常称为“盘”，盘玉即人用手指反复抚摸，如此，一块活玉便会绽放最美丽的光华。银饰可称保养最为费时的饰品，每日洗澡，皆要取下放好，而且需时常清洗，以防氧化。但人的汗液，却能养它，让其渐次呈现迷人色泽。

玉与银饰，和人相比，本是没有生命之物，但若是给其体温，悉心调养，竟是通灵似的，会用最晶莹的光芒，回报人的关爱。

人与自然之物，即使这样奇妙的关系，一分田，一株花，一棵树，一只鸟，甚至一段爱情，大抵都离不开一个“养”字。田的肥沃，花的妖娆，树的茂盛，鸟的精灵，爱情的相依相偎，是回报给“养”的果实。所谓有因才有果，当报章报道诸种奇事，譬如人死宠物自杀，鸟儿于险境中解救主人，花儿在抚摸之后奇异返生，其实都是在此之前，有漫长的养之路，不过就是人们只看到奇异转折后的结果，未追根溯源，查其根本。

一份爱，养得好，自有奇迹；养不好，便也只剩了痒，各自丢弃，再不想念。

谁弄醒了做梦的小孩

对门新来了一个 6 岁左右的小男孩，尽管穿了一身簇新的衣服，但那口浓重的河南方言，还是掩不住他初来乍到时的羞涩和紧张。在楼道里遇到过他和对门男主人几次后，便知道他的父母都在北京打工，他又到了上学的年龄，便被父母接了来，暂时住在舅舅家里，并借读于附近的小学。

这显然是一个从小生活在农村的孩子。趁人不注意的时候，他会爬到小区树上，折了柳条做成哨子，吹出一首嘹亮的曲子。他的书包里还装着乡下带来的弹弓，一不留神，他就朝那青天上用力射出一粒石子，“嗖”的一声，恰好击中一只麻雀的要害。起初还有一两个同龄的孩子出于好奇和新鲜，千方百计地接近他，并讨好他，请他教授一些好玩的游戏。但那新鲜劲儿一过，再加上男孩土里土气的方言，跟痞味浓郁的北京话有些隔阂，周围的小孩子们便纷纷远离了他。

但男孩并没有因为这样的孤单而显得寂寞，他似乎开始慢慢习惯了北京的生活，或者，是习惯了被人孤立的无助与失落。我很少见过他的父母到这里来看他。周末的时候，小区花园里到处都是陪孩子散步玩耍的父母，男孩却是一个人坐在花园深处的一张木椅上，沉默不语地抬头看天。我不知道他究竟如此专注地在看什么，天上不过是飘着几朵慵懒的白云，还有鸽子迅疾地飞过。我猜想，他其实是借这样的方式，来掩盖自己被人遗忘的孤独。有时候，我刻意地想要走近，与他聊几句，却每次还没有在他身边坐下，就见他条件反射似的结束了自己的观望，背起书包快步走回家去。

他的舅舅大约在一个单位做着不大不小的官，常常有人提了东西，在没有月亮的晚上，贼头贼脑地过来送礼。每一次，我都看见是男孩在开门。有时，客人为了搭讪，客气地说句废话，问他："陈科长在吗？"他就冷冷地闪开身，朝沙发上一努嘴，算是做了答复。他这样的举止，常常会换来舅舅的呵斥，说："小孩子怎么那么不懂事，说句话还累死你不成？"但有时候，做舅舅的也会冷淡着脸，装作品茶，对来客连欠身迎接的力气都没有。这大抵是因为他的舅舅一眼扫过来者带的东西，见其并不贵重，心里先自不屑了几分，所以也便不计较男孩的无礼。

男孩的舅舅显然是一个擅长办事的人，否则也不会隔三岔五地便有人来敲他家的门。男孩当然没有自己的书房，要挤在茶几上，边听大人们谈话，边写老师布置的作业，所以难免走神，在作业本上弄些错误出来。有一次，我在楼道里，遇到他的舅舅正在接听男孩班主任打来的电话，说男孩上课心不在焉，作业也应付了事，竟然还在上面画起画来。他的舅舅便问画的什么，老师便回说，画了一大瓶茅台、一小瓶二锅头，还有张一只眼睛兴奋发光、一只则是冷淡白眼的男人脸。这件事发生的当天晚上，我便听到对门传出男孩被打的委屈地哭喊声，还有他的舅舅气愤的责骂声。

几天后，我便见到了男孩的父母。他们的穿着告诉我，这是一对在某个粉尘飞扬的工地上干活的夫妇。他们提了东西，小心翼翼地敲着对面的门。我从猫眼里看到：他们将手里的水果紧张地提起，放下，又提起，还不住地拍打着身上的灰尘。片刻之后，门打开来，男孩首先冲出来，抱住了他的母亲。男孩的舅妈客气地将东西提过去，又假装唠闲话似的，说："这孩子不知道是想你们了，还是不适应北京的生活，上学上得没他舅舅那时带劲啊。”这句话立刻让做父母的局促不安，一个劲儿地说：“这孩子真是给你们添麻烦了，实在不行，等过阵子还是把他送回河南老家去吧。”

但也只是这样说说，男孩还是留了下来，一天天背着书包往返于学校与家之间，并变得愈发沉默寡言下去，连小区里爱逗他说河南土话的大妈大爷们，也懒得再跟他搭话。只有花园里那条流浪的小狗，倒是跟他相处融洽，还常常能从他那里领到一份小笼蒸包的恩惠。我也只有在他和流浪狗玩耍的时候，才能够从他的脸上，瞥见一抹孩子才会拥有的童真。

暑假到来的时候，男孩终于有机会回河南老家了。他即将离开的前一天，我又在花园里遇见了他。不知是因为要回家的兴奋，还是因为与流浪狗玩得开心，他竟然没有介意我坐在他的旁边，并有一搭没一搭地跟他搭讪。

我记得，当我试探着问他喜不喜欢自己的舅舅时，他给了我一句意想不到的回答。彼时，他头也没抬，就冷冷道：“他就会装模作样！”说完便不再理会我的惊愕和更多的问题，带着流浪狗走开了。

我在夏日傍晚蒸腾着暑气的路灯下，看着这个背影瘦削孤单的男孩，无声无息地穿过一丛灌木，又经过几株法桐，最后拐过一个楼角，消失不见。我突然觉得有些难过，为这个本应舞着刀枪棍棒，在父母怀里撒娇的童心未泯的男孩。每一个小孩都曾经盼望着快快长大，可是这样被俗世里摸爬滚打的大人们一路逼迫着、催熟了的冷漠小孩，我却宁愿他在童真的温暖躯壳里，待上一会儿，再待上一会儿，一直将这个童年的梦，做到天光大亮自然醒。

那个与你共穿一套西装的朋友

名人在全国大红大紫的时候，朋友乔的地位，也在我们心中如日中天。因为在名人未红透文化圈之前，我们这帮人便知道，乔与名人是响当当的铁哥们，铁到可以一说借钱，倾家荡产也要给兄弟解难。所以，名人蒸蒸日上，名人的朋友乔在我们眼里，当然也跟着有了耀眼的光芒。

乔与名人之所以有这样深的友情，源于当年他们两个人在新疆一个农场当知青时结下的缘分。那时，两个人住一个宿舍的上下铺，吃一个盘子里没有油水的白菜土豆，啃一个偷摘来带着露水的苹果，用一块肥皂洗头洗脸。那时候，手头拮据，但两个从城市里来的年轻人，还是保持了一点儿穿着体面的虚荣。但无奈带来的衣服，在常年的劳作之中，早已严重磨损掉色，如果碰巧出门遇到城里稍有姿色的女孩子，他们常常就觉得羞愧难当——为自己满腹的经纶却没有像样的衣服遮体。

后来，两个人终于想出了一条完美的计策：每人掏出一半的钱来，合买了一套在那个年代属于时髦衣服的西装；如果谁出门，就将衣服穿上。这一招果然让两个人不再灰头土脸；女孩子看过来的视线里，也有了异样的情愫。

这一套西装，最终让两个人成功吸引到自己喜欢的女孩子。而他们两个的兄弟情谊，也因此在农场里出了名，都知道如果找他们办事，只要说通了其中一个，另一个肯定就会痛快答应。这样的交情，即便是在此后名人结束了知青生涯，回到广东，并且升官发财之后，也没有断掉。

名人的出名，来得有些突然，因为策划的一套书迎合了市场，一时间大卖，他本人也因此成了当下文化的代表，屡屡被各地请去剪彩、做报告、演讲、上节目，几乎混到家喻户晓。远在新疆的乔第一次在电视上看到名人，即刻打去电话，开玩笑说："兄弟，苟富贵，无相忘。这么长时间不联系，不会是因为出了名的缘故吧？"名人打着哈哈回应乔说："哪能呢，咱可是同穿一套西装混出来的兄弟呢，借钱借名你尽管说。"

其实，乔也只是这样说说，他是个珍惜缘分胜过声名的人。在名人未出名之前，远在新疆的他，尽管有这样那样的困难，却很少拿自己的私事打扰过名人；而今名人成功了，他更懂得应该谨言慎行，不能给朋友添出额外的麻烦。

所以，当周围的人以这样那样的诱惑，求乔帮忙牵线搭桥，让名人来给自己单位或者公司的某个活动，增添光彩的时候，乔总是无一例外地拒绝。后来有一天，一个跟乔私交很好的朋友来拜见，并将一套即将出版的很有思想价值的丛书带来，希望乔能够让名人给签名推荐一下。乔在认真翻阅了丛书之后，当下就被书的内容打动，决定为朋友争取名人的签名。

乔打了许多次电话，才找到了名人。说明来意之后，名人立刻拒绝，说：不要说是乔，即便是他的顶头上司来求，他也不会答应。乔心里袭过一阵莫名其妙的难过，他淡淡道："你可以不答应这个签名，可是我也不能答应你将我与你的上司相提并论；我们是什么样的朋友，你读书多、阅历深，应该比我更清楚。"

名人想必被乔说得红了脸，于是求和道：那么，先让我看看书稿再说吧。乔其实听出了名人的语气里那种世故的推诿和应付，但也不想再多说什么，只一个轻描淡写的“好”字，便挂了电话。

几天后，乔寄出的快递却被退了回来。乔打电话给快递公司，才知道送货员明明听到客厅里有人在大声地说话，可是敲了很长时间的门，都没有人来开；而打电话给名人，名人也拒绝接听；发短信，更是没有一个字的回复。送货员委屈地说，即便他是美国总统，也不至于忙到连门都不开吧，明摆着就是瞧不起人嘛。

乔忍着一腔的愤怒，给名人打电话，问他有没有收到书，或者送书员的短信。名人满嘴假装出来的无辜，说：“没有啊，从来就没有人给我打过电话或者发短信说书到了嘛。”准备好要大骂一顿名人的乔，突然从话筒那边名人一派火热的嘈杂和应酬声里，觉得如果真的大骂当年那个与自己共穿一身西装的名人，是一件无聊也无意义的事情，有时间，他还不如静下心来，与楼下那个卖菜的大爷下盘象棋，或者跟一个与自己一样有闲没钱的茶友，喝杯最新采摘的碧螺春。

这样想着，乔便淡淡说一声“再见”，轻轻挂断了电话。这一挂，乔知道，断掉的不只是通话，还有他与名人那份曾经共穿一套西装的真情。

人心的距离

人与人之间，有时候近在咫尺，却恍若隔着天涯。那永远无法相通的心，让我们在尘世中艰难跋涉，却始终，无法抵达对方的彼岸。

你曾经在火车上，遇到过形形色色的人。他们坐在你的旁边，或者对面。你可以看得见对方鼻孔里伸出来的不雅的鼻毛、脸上粗大的毛孔、嘴里某颗被蛀虫噬坏了的牙齿，或者瞬间闪过的忧伤。可是，你不知道，他将去往的城市，究竟是故乡，还是异乡；不知道那里有没有一个人，在遥遥期盼着他的到来；不知道他是去奔赴一场爱情的约会，还是去参加某个老友离开人世的送别仪式。

即便是你们有过交流，或许你与他，也会不约而同地撒谎，将工作失意的自己，说成春风得意。你会向他夸夸其谈自己行业的美好前景、工资待遇、每年一次的酣畅旅行。你也会将不爱运动的自己，说成一个运动健将，并吹嘘自己篮球比赛投球的非凡纪录。而对面的那人，也会不失时机地炫耀自己某个很铁的哥们，以及自己在单位说一不二的威严，或者爹妈身边朋友的显赫势力。你们常常吹得天花乱坠，唾液星子喷到对方的脸上，鼻尖几乎擦着对方的额头。可是，等那火车抵达终点，你们出了车站，各自如水珠一样融入茫茫人海，即刻将彼此忘记，再不想起。

你在工作上，也会遇到很多的人，每日打着交道。你与他们每日清晨准时在打卡机旁碰面，你对他们说“早上好”，又说今天要抓紧将剩下的活儿做完。你们在工作闲暇的时候，也会在单位楼下的咖啡店里坐着喝一杯咖啡，甚至像朋友一样聊上一会儿。你却不会对他袒露自己的心胸，你怕他会将之传播给每一个同事，或者上报到领导那里。他亦不会告诉你他额头的那道伤疤，究竟源于哪一次事故。你们在阳光里，喝着醇香的咖啡，说着近日的国际新闻，或者明星绯闻，却始终，不肯卸下心的重重盔甲。

与你牵手的那个人，你们每日在一张饭桌上吃饭，有共同的孩子，或许已经同床共枕三十多年。可是，你不知道，她在下雨天的时候，喜欢站在阳台上慢慢饮一杯茶，并不是因为窗外雨点打在花丛里的声音，真的那么悦耳，而是她在这样的时刻，想起年少时的一段初恋，最初的开始，便是在这样安静的雨季。而她，也不懂得你在吵架的时候，突然间一言不发，不是因为你向她妥协，或者心内歉疚，而是你对这样鸡毛蒜皮的琐碎生活，产生了厌倦，连带地，觉得与她的争吵，真是无聊可笑。

那个你叫作父亲的人，你却可能见他的次数，还没有家门口卖水果的小贩的次数多。他住在乡下，你则在省城。你也曾试图将他叫到身边，可是他常常住不到两个星期，便硬要回去。你不知道，他只是喜欢走在土地上的踏实的感觉。城市里的柏油路面，夏日很烫，冬日又很冷，他在车水马龙里，每一次出门，都会迷失了方向。你以为他吵嚷着回家，真的是因为你的妻子冷落了他，或者是因为儿子又被妻子教唆着跟他要钱，买最新的电动玩具。或许你还会因此在心里生出怨恨，觉得从小到大，他都偏心弟弟，现在你比弟弟出息了，却还不能获得他更多的爱。而他，或许也会觉得，你在妻子的唠叨面前所保持的沉默，是因为怕老婆，就像当初结婚时，他惧怕你有权有势的岳父一样。等到他终于回到了乡下，你们彼此，除了每个星期例行公事般的电话，再也不能够敞开心怀。甚至彼此的话，还要靠一个路过的同乡，给捎过去。

这样直到有一天，你突然觉得，有很多的话要对他说，于是你跪在他的面前，将过去种种的误解，哭诉给他。你说了很长很长的时间，你以为他会懂得，可是，他在墓碑上的那张脸，却威严着，始终不发一言。你们终于被时光真正隔在天涯海角。

也就是这时，你隔着一个墓碑，看清了人心之间，那段近在咫尺，却始终无法跨越的距离。

你那急需公证的安全感

在公证处，遇到形形色色来寻求安全感的男人与女人。

其中一个打扮疏懒的女人，进来便迫不及待，问能否将她公公的一套房子公证一下，归到她与丈夫的名下。因为公公去世之前，就几次说要将这套房子送给他们，但不巧一场大病袭来，他还没有来得及立下遗嘱，便离开了人世。昔日几个儿子便以合法继承人为由，要瓜分这套房子，可是公公生前一直与其余几个儿子有隔阂，还曾因与他们吵架而病倒过一次。所以，她这次来，不过是想圆了公公生前的梦，办个公证，说明这套房子是公公想要送给她与老公的财产。

工作人员耐心等她说完，才解释道，这个公证他们没法办。其一，不知道她所说的究竟是否属实；其二，此类问题他们应该去房产管理中心进行咨询；其三，他们其实更应寻求律师而不是公证处的帮助。

女人一听便有些失望，但依然不肯放弃地追问一句：“你们真的没有办法证明这套房子是公公想要赠给我们的吗？那要是被那几个要钱不要命的儿子分去了该怎么办？老爷子生前，我们可是付出了很多啊，只看病就快把我老公的工资给折腾没了。”

工作人员的再次否定答复，终于让这个女人无力地站起来，朝外走去。进来时眼睛里闪烁的火花，已经不复存在，成为一撮燃灭了的冷的灰烬。

还有一个男人，一进来便急吼吼地说要公证，将妻子的签名权委托给自己，因为他要急着出手一套正炒的房子。工作人员说那必须有他妻子或者妻子代理人持她的身份证、户籍证、结婚证等同来才可以。男人一听便脸红脖子粗地争辩道：“那怎么行，她死活都在南方不肯回来，而且走的时候还将身份证和结婚证都带走了，我根本就弄不到。”

工作人员问：“那她为何不肯回来？是不同意你卖房子吗？”男人看看四周，压低了声音道：“她还不是怕我跟她离婚另娶别的女人嘛。不过，怕有什么用，我们两人八字不合，这婚熬到现在已经是让我扒了层皮了，再走下去也只有两败俱伤。所以，我实在是想将这有着她的影子的房子卖掉，拿这笔钱整点儿生意；反正，这房子她只投入了几万块，其余全是我挣下的。”

工作人员依然坚持，要等证件全了才可以办理委托。男人急了，说：“可是我得等多久啊？我还要与新的女友结婚生子建立温馨家庭呢，要是她这样冷酷无情地拖着，那我岂不是要打一辈子光棍，房子也空耗着变不成钱，甚至房价降了赔钱吗？”

但他显然还是知道希望渺茫，所以自顾自地说了一阵儿，便觉得无趣，转身走人。

又有一个老太太，颤颤巍巍进来，便絮絮叨叨唠家常似的拉住工作人员说：“闺女，你帮我公证一下吧，我儿子刚刚买下的那套房子，全部都是我出的钱。”工作人员说：“那您叫您的儿子儿媳一块过来吧，或者拿一些有力的证据过来。”老太太听了便叹气道：“儿子儿媳才刚刚结婚，要是让他们知道了，那心里岂不是落下一个解不开的结啊，说不定以后儿媳教唆着儿子不孝顺我呢。”

工作人员便笑：“那您老还是别公证了。”老人即刻道：“那可不行，现在的年轻人说离就离，要是这儿媳妇心眼多，过一年便离了，那不是将我辛苦一辈子买的房子也给分去了吗？我可不能让我那傻乎乎、没心眼的儿子赔了老婆又赔房子。虽然我年纪大了，活不了多少年，也享不了什么他们的福，但这当妈的，心却不能少操了一分，该狠心时，就得六亲不认，不管这媳妇在你面前多么低眉顺眼、甜言蜜语；我走的路多，吃的盐也不少，虽然眼花了点儿，但这年轻人的事，我看得也透着呢。”

但工作人员还是委婉劝她：“年纪大了，还是多享一些清福，多爱自己一点。年轻人的事，让他们自己去处理吧。您不放手，儿子何时也不能长大。况且，公证与情感还不能完全地分开。只要是明事理的女人，大都不会撒泼耍赖过度索要财产的。”

但那老太太临走的时候，还是不停地自言自语：房本上写的是他们两个的名字，这离婚了房子也一起给分了可咋办？

公证处的几个工作人员，耐心里总有一股子淡漠，不知是天性使然，还是这人间的悲欢离合、公平却无情的事情看得多了，人也跟着有了一张张公式条文化的脸？

这样的面孔日益地增多，人与人之间存有的信任感，却是愈发地少了。

给别人看的简历

编一套书，收到几百篇文字的同时，也读了几百个人的简历，并从中窥见几百个人的俗世表情和半生足迹。

最简单的，不过是一行字，说：某某某，小学毕业，无业，出书若干。我相信，文字后的这个人，一定有着最丰富的阅历，走过坎坷的道路，于是便淡定如水，对于名利，已不介意，知道这些看似光芒万丈的东西，不过是一件衣服，披在身上，并不能让你的灵魂，跟着也荣耀起来；人生很短，来时赤诚相见，去时也是如此，所以那些华衣彩服，除了招蜂引蝶，让自己的安静旅程生出喧哗与聒噪，并无大益。如此简历的主人，大多作品沉稳大气，有大家风范，一行行读下去，犹如与此人面对面，无须多言，便能让你品出茶之沉郁味道。

而那些文字短短一页，简历却是长达五百字的人，窥其人生，却是乏味如久泡后的茶水，看似绚丽多彩，喝一口下去，却毫无滋味。那些履历，细到连小学曾经得过的一次奖励也写了进去。获过的某项荣誉，除了将名称写上，还会絮絮叨叨地，将那颁奖的机构，及其在当下文艺界的地位，也一块纳入其中，似乎唯有如此，才能让人了解这奖项的重要性，及其他本人横溢的才华。

而对于那些所获奖项多到无法细数的人，列入简历时的选择，也可窥见此人的一两点小心思。有些人会在简历里，将国内的荣耀，全部剔除，只留那国际的奖项若干，昂首挺胸地立在那里，只等看见的人，投过去仰慕艳羡的视线。这样的人，大多是有崇洋媚外的心理，觉得玫瑰都是国外的香，于是乐意弃掉国内的大奖，只留那外人没有听说过，但一窥见“英法德日意”字样，便生出赞叹的国际小奖。

也有人，善于断章取义，从百度里搜来无名报章的评论，只取那提及自己名字或者作品的关键一句，大张旗鼓地列入简历，并将评论中其他人的名字，毫不留情地去掉，似乎，那些概括整个行业的前瞻性句子与荣耀，只是属于他一个人的，他取一瓢饮，便可以吞下整个江河。

还有人，完全相反，把凡是与名人共同出席的会议，全部列入简历，尽管，自己的名字，常常在最不起眼的角落；但好歹是与名人并列过的，所以，也可以沾些名人散落的光泽，让自己看上去喜气洋洋，昔日晦暗的容颜，可以红光满面地露出去见人了。

有热爱职位的，会从少先队大队长写起，将沿途大大小小的官职，一一列来。你会从那些一本正经的理事、主任、主席、副科长、荣誉教授等的头衔上，看到此人脸上对于世俗职位的垂涎。似乎，他退休前的大半生，就为了这些职位而生。他从入幼儿园的那天起，就开始了对那一个高于一个的座椅的征服，一步步爬上去。那些阶梯，便是他一生的印记。至于途中那些芬芳的花朵，或者茂密的森林、清亮的溪水，则与他无关。

那些实在是无光辉事迹可写，但又不甘心在简历上平庸过他人的，便会用最华丽的辞藻，为自己粉饰。譬如他会说自己曾经为某知名人士做过翻译，深得名人的信任与认同；又说自己在业务上勤奋专研，做出的某项成绩，无人可以匹敌；还说自己因为业绩突出，曾受邀参加京城某知名会议，与国内行业翘楚做过深入的交流与探讨……这样的词语修饰下，原本灰突突的某个人，犹如到了金碧辉煌的宫殿，灯光照耀之下，带褶皱的衣服上，也跟着流光溢彩起来。

后来有一天，我偶尔路过城市的某个公墓，走过一个个墓碑的时候，便再一次想起了那些或简约或奢华的简历。原来，我们许多人，生着的时候，想要荣华富贵，死去的时候，依然想不明白，于是在那小小的墓碑上，用各式的文字，提醒着经过的后人：这泥土里埋葬的，乃是一个功名显赫的人物。而那些一路行走，始终朴实无华的人，在人生的终点，也如流水行云，给你最安静的一个句号。

我喜欢其中一个墓碑上的文字，很短，说“我曾经来过”。我们每一个人，原都是这样，曾经来过，并成为渐渐被人忘记的过去。所以，每一程人生，对于别人的意义，不过是瞬间逝去的风景，平淡也好，绚丽也罢，这一程的滋味，真正能够品出的，也只有自己。

而那给别人看的简历，一笔一画写的人，亦是自己。

你有没有最珍贵的

北京S大的两个学影视的小师妹，为了完成毕业的作业，扛着摄影机在北京的大街小巷上，逮人就问："能不能告诉我，你认为世上最珍贵的东西是什么？"这种拍纪录片的状态，让我想起了几年前一部出名的独立电影《北京的风很大》。被采访的人，在毫无准备的情况下，面对突如其来的摄影机，脸上的表情没有来得及调整，伪善的外衣也没有来得及穿上，便被硬生生地记录下来。但正是这样原生态的采访，让我们接近了问题最真实、最本真的答案。

采访几乎涉及奔走在北京的每一个群体：严肃的男人，温柔的女人，毫无世界观的孩子，晨练的老人，匆忙行走的白领，晒太阳的流浪艺人，等待朋友的街头小痞，孤单的清洁工人，着制服的广场士兵，穿囚服的犯人，来旅游的老外，一本正经的官员，卖盗版碟的小贩……形形色色的人，在突兀的问题面前，给出了各式各样的答案。其中包括最传统的亲情、友情、爱情，最实用的时间，最基础的生命，最抽象的爱。这是成年人的答案。采访到的一个毫无心机也对世界认识混沌一片的小孩子，很羞涩地指指脖子里的红领巾，说："今天我入队啦，这就是我最珍贵的。"而更小的一个女孩，则努力地歪头想了片刻，摇摇头，诚实地说不知道。

相对于孩子的认真，大人则世俗功利得多。有夹皮包的男人，边快步疾走边头也不回地说："没空跟你们闲聊。我最珍贵的，就是时间。"有打扮精致艳丽的女人，对于提问的人，看也不看一眼，便一阵风似的走过。有天生戒备的中年女人，上下扫视一遍，反问两个师妹究竟是做什么的，待两个师妹费了一番口舌解释是完成一份作业时，才淡漠地回答问题，说："最珍贵的当然是能够挣钱的能力。"而有些疲惫的一个抱孩子的女人，几乎是毫不犹豫地脱口而出："最珍贵的，当然是结婚后的自由，没有哪个女人不向往呢。"一个在天桥旁吹箫乞讨的残疾人，指指自己的乐器，说："最珍贵的，就是我的乐器，还有，能在冬天没有风的太阳下在这里唱歌。"天安门广场上站岗的质朴士兵，回答问题时眼睛依旧直视前方，说："我最珍贵的，就是军帽上的徽章，我戴上它，就有了责任。"已经退休的一位70多岁的看孙子的老人，用年轻人不习惯的虔诚，说："最珍贵的，是还能为国家贡献点儿余热。"一个白发苍苍的老太太，则更是神情郑重，说她认为最珍贵的，就是不管什么时候，都能拥有理想。

也有很多让人心生感动的答案。一个打扮另类的街头小痞，叼烟站在街头等他的朋友，面对摄像机，他有几秒钟的诧异，随即因为问题，表情变得难得的单纯，看得出：装扮嘻哈的他，其实还是个心无城府的孩子。他很小心地说出自己最珍贵的，是邀请的朋友都能来，因为，今天是他18岁的生日。一个正在与家人沉默会面的囚犯，则视线躲闪地回答：最珍贵的，是出事之前，和家人在一起团聚的日子，虽然每天都千篇一律似的单调乏味，但现在回忆起来，却觉得每一秒钟都那么美好。而一对牵手散步的老人，两个人的答案，竟是一模一样，在他们心里，最珍贵的，就是还有时间，能够牵着对方的手散步。

摄影机记录的，不只是答案，从中亦可以看出人在匆忙的行走中，各自的心态。有人忙碌到最珍贵的，真的只剩下了时间，认为如此“幼稚”的问题，不值得停下脚步去思考哪怕是几秒钟。有人从骨子里不屑回答，以为生活就是一天天往上走，至于跳脱出来，看一眼自己行走的目的，则纯属浪费生命。也有人蹙眉想了片刻，丢一句“太过深奥”，便继续赶路。更有人认为这是两个无聊学生的无聊问题，生活是实实在在的，想提炼出一个内核来，实在是最没用的哲学家才会干的事。

但，还好，大多数的人，没有拒绝两个师妹的问题。尽管镜头前的人，毫无掩饰原生态的生存状态——焦虑、审视、怀疑、不屑、冷淡，或者如孩子似的无忧无虑、天真烂漫、了无戒备，但正因如此，这些答案，反而具备一般采访所没有的打动人心的原始朴质的力量。

我最喜欢的，是一个在一片喧嚣繁华中，于拐角处不显眼的地方，开书店的男人，朴实地站在柜台后面，笑着说，他最珍贵的，就是自己这几年努力攒钱的结果：在今天终于有机会，开了这一家小小的书店。这是一个在生活的艰难打拼里，依然怀着理想的男人。他的素朴如一朵风雨中摇摆的野花的理想，让他的答案，显得如此真实且动人。

真的像那位老人说的，拥有理想，才是最珍贵的。我想，这不是一个我们在小学作文里，常说的空洞矫情的词汇。有了它，我们才有了活下去的无穷尽的动力。尽管，很多的时候，我们像忽视空气的存在一样，将它忽略。

最珍贵的东西，真的是我们生命中的空气，而此刻，你有没有将它想起？

岁月里你沉淀下什么味道

几乎是每天，在公交上、地铁里、网络中、马路边，我们都会与数不清的人擦肩而过，如果无缘，此后我们再不会相识。其中的大多数，都不过是路边的风景，经过便已忘记。他们在我的生命里，无色，无味，无形。除非是刻意，否则，不过是瞬间，他们便化为模糊的一团，甚至，连这样的一团也没有。

但也有时候，他们比任何一个我所熟识的朋友，都更为清晰地印入我的生命，犹如水泥未干时，花瓣落下的痕迹，永久地，存留下来。他们在时光的小道旁，撒下种子，而后种子悄无声息地成长，只等某一天，我在梦里，与他们重逢，欣喜或者淡漠地，一一辨识出他们的味道：清香，浅淡，刺鼻，俗艳，麻辣，或者朴质。

曾经在路边的报亭旁，看到一个傍晚收工的年轻人。这是个在街巷上做饼的青年；一辆三轮车、一口锅、一罐气、一袋面、一个钱盒，便是他全部的家当。他显然是在北京闯荡了许久，对于报刊亭的老板，也是熟悉。他将车刚刚停住，老板便朝他喊：“嘿，你要的杂志，今天终于来了！”

这样一个头发蓬乱、衣服上沾满了面粉的年轻打工者，我猜想他所喜欢的杂志，当是火车站旁经常出售的那些纯粹刺激感官的低劣报刊吧。但让我吃惊的是，他竟然拿了一本心灵小品类的杂志，而且，那一期上，恰恰有我刚刚发表的一篇文章。

我站在一旁，看着这个风尘仆仆的年轻男人，想他在灯光昏暗的出租屋里，于周围人此起彼伏的划拳声、哈欠声和恶俗笑话中，连唇边的饭粒也来不及擦，便倚在床头，翻看起最新买来的杂志。

这样的夜晚，整个城市正在灯红酒绿中沉醉迷离，有人吞云吐雾，有人酒吧买醉，有人迷失街头，唯独他，用一本安静的杂志，将喧嚣屏蔽在心灵之外。或许，还没有家庭的他，也会在日后慢慢成为一个世俗的男人，但那一刻，我还是愿意，将他异乡捧书夜读的安然，看成一朵槐花，在农家的院里，在有月亮的夜晚，将朴实无华的香味，传递给哭啼不眠的孩子。

也常在网上，闻到许多辛辣刺激且呛鼻的味道。记得一个热闹的漫画群里，有一个人，看到新来的我，得意扬扬地将头凑过来，说："知道吗？我边玩边画，很轻松地，一个月便可挣到过万银子，而且，是要有人一次次求我、找我，才肯画的。不像你们写字的人，那么辛苦地熬夜，眼里熬出血丝来，还未必有人会用。"我在群里，看着他跟一些新手傲慢地夸耀着，犹如一个打着饱嗝、财大气粗的商人，觥筹交错中，看得见镶嵌的金牙上，韭菜的痕迹。

这样在人面前，将视线高傲扫过的人，我曾一次次地遇到。譬如在会议上，将别人的观点批得一无是处的某个专家；譬如 MSN 上，只肯用英语与我交流的在国外的某个镀金者；譬如心情不好，无缘无故地冲自己下属发脾气的领导；譬如有了一点点成就，便自视甚高而不肯与比自己低的人闲聊的所谓"名家"。当我与他们遇到，听见他们夸夸其谈，常常会下意识地，想要掩鼻走开。我总是会从他们的身上，嗅到一股浓重的韭菜包子或者大蒜的味道。这样的味道，经由一个发酵许久的隔了夜的饱嗝打出来，愈加地俗恶不堪。

曾经在市区的公园里，看到一对父女。那是周末清爽的早晨，女儿牵着父亲的手，默默地向前移动。父亲显然患过脑瘫，神情有些呆滞，但还是在女儿的牵引下，一小步一小步地，挪动着。周围，是鸟语花香，而做女儿的，却只是注视着父亲的脚步。他们之间，并没有语言，甚至在这样一个活力充沛的清晨，他们的出现，显得有些略略不合时宜。

行了不过是几十步，做父亲的，便累了，不管女儿怎样哄劝，都孩子似的不肯再前进一步。30 多岁的女儿，就将随身携带的小板凳放在路边，让父亲坐下，而后，她蹲下身去，为父亲脱下鞋子，轻轻地按摩着他的脚掌。这当是他们生活中最普通的一个镜头吧，但那一刻，我还是被这样一对父女，深深地打动。在那样一个几十种花竞相绽放的清晨，我却只闻得到茉莉的浅香，它们温柔缭绕着，如一股溪水，浸润着我的心田。

我们每一个人，都曾与成千上万的人擦肩而过。我们将别人视作可逃或可亲的花香，而也必有人，从我们身上，闻到同样馥郁或者刺鼻的味道。而你，在人群中，于时光里，究竟，想要沉淀出哪一种？

谁采走了我的决明子

去一个朋友家，看她在喝一种叫决明子的茶。

茶包装在精美的小袋子里，上面写着：可以减肥、明目、清热、润肠、降压。朋友饶有兴趣地说起儿时常常看爸爸饮用这种茶，并不知道是为了降压。但这种从药店里取来，煎炒而成的茶，却是因了其微凉微苦的香气，而在她的童年之中，留下深深的印记。

她记得那时常常牵着爸爸的手，行走在夜晚城市安静的马路上，坐两站公交去药店取决明子。她还记得公交车上，一年到头都穿中山装的司机师傅。那个师傅的口袋里，还像爸爸一样，别着一支“英雄”的钢笔。如果他没有坐在车上，而是走在马路的人群中，朋友会将他当作一个文化人。事实是，司机不认识几个字，托了层层关系，才来公交公司上班。后来又生了一个儿子，成绩也总是拖着班里的后腿。司机因此便心里烙下了病根一样，对于有文化的人，格外亲热。每次上车，司机总会与爸爸响亮地打一声招呼，说：“林老师，坐好喽！”每每这时，朋友也会跟着挺一挺胸脯，似乎，爸爸的荣耀，连带着让自己也有了光芒。

像有默契似的，药店总是等着朋友与爸爸来了，才关门打烊。所以，那盏在小小药店里的灯，也便温暖了朋友整个童年的记忆。药店里的瘦猴子叔叔，总会提前将决明子和其他给妈妈煎服的中药装好，等着他们去拿。决明子装在塑料袋子里，朋友提着，走在路上，她会听见它们像小小的昆虫，在夜色里窸窸窣窣地唱歌。有时候，她会侧起耳朵，倾听它们的私语，“哗啦哗啦”，又像是溪水的流淌。有那么几次，她淘气，将它们甩来甩去，一不小心，便将它们全撒在马路上。于是，在爸爸温柔的嗔怒里，她跪在地上，嬉笑着将那些细小的宝贝，全又收拢到袋子里去。

而今，朋友没有想到，她与身边的白领们，竟然也开始喝起这种茶，而且，这种茶还有一个流行的名字，叫“亮眼八宝茶”。只不过，他们皆是为了一种减肥保健的时尚，而不像父辈们，单纯为了治病。他们还尝试其他的茶饮：玫瑰、百合、芦荟、菊花等。这些据说可以美容养颜减肥的东西，被他们全部拿来，泡在杯子里，日日啜饮着，犹如啜饮一杯伤感又气质高贵的咖啡。

当我好奇地将决明子倒入掌心，用指尖微微抚过的时候，20 年的时光，突然就被这种宛若绿豆的绿棕色菱方形草药，给唤醒了。

我想起的，是家乡长在荒野里的一种叫夜合草的植物。它们生在荒郊野外，或者路边墙根处，甚至在人家檐下。我去上学的路上，它们在沿途与我做伴。夏天的时候，它们会开出黄色的花朵，满山坡地看过去，犹如美人头上的花环。我有时会采摘下这些指甲一样的小花朵，戴在头上，或者别在耳边，而后等着人来夸赞。

但这种植物，伴随了我整个的童年，却并不是因为，它们的花朵，多么美丽，或者妖娆；而是由于，它们秋天的果实，可以为我换来漂亮的发卡、鞋子、袜子，甚至是裙子。每年秋天来到的时候，我放了学，便将书包一丢，提了大大的尼龙袋子，疯跑出去，与村里大几岁的姐姐们，沿着长长的河岸，或者山坡，采摘夜合草的果实。它们的果实，像是豆荚，细细长长的，包裹着其中小小的颗粒。我有时候会将它们小心翼翼地剥开来，看一粒又一粒的种子拥挤在一起，在壳里如同婴儿安睡般的乖巧模样。

我们一路采摘过去，常常就走到了外村的领地上。我会看到外村里一样的牛羊、车马、田地。我觉得，这样的出行，与去课本上的北京天安门，一样的令人兴奋、欣喜。我会飞奔在陌生的田间地头，惊异地看那些新鲜又让我慌乱的面孔。我还会偷偷地在背后指点人家，如果那人不小心回头张望，我则立刻小老鼠一样，躲到姐姐们的背后去。而那些处在花季的姐姐们，则大胆得多，她们唱歌，歌声热烈又迷人，总会惹来路边男孩子们的嬉笑注视。她们从不像我一样胆小惧怕，她们戴上招摇的花环，一边采摘，一边拿眼斜觑着那路过的男孩，听见他们“嗨”一声大叫，则会飞一个白眼，给他们一个骄傲华丽的转身。

这样的出行，我乐此不疲，不仅仅是因为，回来将这些种子晒干了，拿到小镇上卖掉，可以换来让父母高兴的零钱，更重要的，是我可以飞进田野，做一株自由自在地仰望蓝天的夜合草。

我并不知道，这些种子，卖掉之后，可以做什么。它们对于我来说，除了换来小小的零用，便再无其他的价值。而我的父母，有时候会将它们剥开来，装入布袋中，给我做成松软的枕头。我每晚睡在其上，从不会考虑它的药用功效。我的梦里，永远是田野高远的天空、充满果实芳香的大地、明净的小溪、起伏的山岭，还有女孩子们纯美的笑脸。

而这样一种串起我整个童年的植物，我从来都没有想到，它还有另外一个名字，叫决明子。是我从朋友家回来，路过药店，去问一个中药的医师，他告诉我，夜合草，不过是决明子众多名字中的一个。就像，一个孩子，他一路走来，会因为乳名、学名、绰号、网名、笔名、艺名，而被不同的人，以这样那样的方式，记着一样。

而决明子自己，它从荒野之中，走进药店小小的柜台，这一个行程里，会不会像我的朋友，想起这个城市的马路、汽车、行人、影院？或者，像我一样，忆起麦田、蜂蝶、阳光、雨露、花草、农人？

我一直固执地认定，不管它们是在枕中，还是白领高档的杯中，梦里，总会有我奔跑的影子。

因为，我们生命的最初，曾经以这样温柔的方式，历经过彼此。

倾听是心灵的慈悲

晨起，在小区楼下的早点铺子里吃饭，听见几个东北口音的中年女人，围坐在一起，说起在北京打拼的艰难。

其中一个，说每次有客人来，若家里其他人都出去了，女主人总会当着她的面，对客人说："家里就我一个，没有别人，多坐会儿吧。"这样一句，每次都会让她伤心上许久。她很想告诉女主人，难道，在他们眼里，她真的和那些洗衣机、电饭煲、吸尘器一样，只是没有生命的工具吗？她可以一刻不停地干许多的活儿，而不说一个累字；她也可以在吃饭的时候，永远都不上桌子，只在厨房里凑合一日三餐。可是，她却不能忍受雇主在言语上，带给自己的轻慢和忽视。那种积习，在思想深处，因而成为一种习惯的冷淡，带来的伤痕，是比刀子刻下的，还要尖锐且持久的。

另外一个，在做保姆之前，明明说好了只负责与孩子有关的事，但一家人，每每却忽略了她的身份，将她当成一个全职的家庭保姆：既负责老人，还负责家务。有时候，她表现出劳累的疲态，言语刻薄的女主人就常常一句话扔过去，说："看，再多都是废话，已经不听你指令了。"她原本是个停不住的人，除了有些累，并没有对多出来的活儿抱怨过什么，可是这样的苦干，换来的，不是安慰，或者一抹感激的笑容，却是愈加苛刻的指责。

这是一群说着同样的方言，在同一个小区里工作，却彼此因为忙碌，而互不相识的女人；是这样一顿早餐，将她们聚在一起，且有机会，彼此倾诉心内的苦楚。她们没有多少钱，像我们这些白领，在鸡尾酒会或者时尚party 上相识，留下名片，若有利益，此后继续来往。但她们在这个夏日清晨的谈话，却是内心最真诚的袒露。这样的安慰，既与金钱无缘，也与利益无关。她们只是恰好在北京的一个小吃铺里碰到了，做彼此最好的倾听者。

很多时候，人与人之间，就是这样忘记了倾听，且因此，失去了彼此的信任与尊重。这个城市，散落着许多这样——在我们眼里被视为可以遗忘的音符。我曾在一条街上，碰见一个被城管追得气喘吁吁的男人，他的脖子里，挂满了要出售的围裙、手套，还有叮叮当当的勺子。这是一个在城市里艰难讨生活的男人。或许，他手里出售的东西，还曾给城管的妻子提供过小小的方便；或许，他们也曾有擦肩而过的缘分。可是此刻，他们彼此，只有追赶与逃跑的关系。

我很想拦住那个城管，问他一句：你有没有想过，这个男人，其实和你一样，是一个有尊严的父亲，或者丈夫？若是他这样的尴尬与辛苦，恰好被他的妻子碰到，那么，她的心底，该有怎样的心酸？他在这个繁华的城市里，已是在底层小心翼翼地生活，如果我们无能为力，那么，为何连倾听的微薄的机会，也不给他？很多时候，我们在最软弱的时候，需要的，或许不是帮助，而是一双温暖的手，或者懂得慈悲倾听的双耳。

我喜欢天桥下面的那一片空地，天气好的时候，常会有一些骑着三轮、载着简单的剃头挑子的老人，来这里给人理发。理一次头发，只收三元的费用。生意说不上好，但总是有人会来。看得出，来的，都是无钱去理发店的民工，或者卖水果杂货的小商小贩。阳光，洒落下来；有风，徐徐地吹过；剃头匠的小狗，在清凉的风中跑来跑去。他们彼此，素不相识，却在这样一个舒适的午后，毫无芥蒂地聊着小成本的买卖、待养的老婆孩子、碰到的沟沟坎坎。只是短短的十几分钟，可这样的闲聊，在结束的时候，却带给他们——春风抚慰般的愉悦和知足。也正是这样的满足，可以鼓励着他们，在这个喧嚣的城市里，如一株承受着风雨雷电、沙尘酷暑、高楼挤压的法桐，继续坚强地站立下去。

假若，你在城市的某一个角落，遇见一个孤单又专注地吹奏萨克斯的男人，你能否，安静地站立片刻，听一听他曲中的忧伤？假若，你在通往马路对面的地下走廊里，看到一个乞讨的老人，你能否，弯下身去，将一枚硬币，轻轻地放到他面前的盒中？假若，你在堵塞的公交车里，抬头看到那些在高空中作业的民工，你能否，将视线，调整到真诚仰望的角度？

而这样的注视与停留，其实，是另一种善良的倾听。而当我们的心，像双耳一样，学会了倾听，那么，还能有什么，可以阻止宽容、信任、爱与希望的游走？

你的善良是一把尖锐的刀

他是我看到的这个城市中，跪地乞讨的孩子中的一个，有轻微的智障。无法确知，在抵达这个城市之前，他有着怎样的生活。也无法想象，他在被父母抛弃之后，是如何艰难地长到 10 岁的年龄。我只知道，现在的他，靠乞讨为生，随便住在马路边上破旧的拆迁房里，生活无以为继，却是养着一条毛色发亮的大狗。

是的，他之所以吸引了我的视线，让我在出门上班的时候，关心地看他两眼，放他手边一元钱，买一份早餐送到他的面前，或者在他傻傻冲我笑的时候，回他一个善意的微笑，最重要的原因，便是这条与他相依为命的狗。

这条狗是他捡来的，一直养在身边。他将乞讨来的一多半吃食，都分给了它。热的时候，他带它到护城河边洗澡。夜晚天凉，他依偎在狗的旁边，将身上的衣服，脱下来，盖在它的身上。他乞讨的时候，狗趴在他的脚下，一副温驯安静的模样，似乎，是在替主人赚取同情。

他与这条狗，如果没有什么意外，在城市的喧嚣和功利中，并不会引起太多人的注意，更不会有好事的媒体蜂拥前来采访，并将他的照片与采访录像，公布在大街小巷的报亭和户外屏幕上。

偏偏，他的狗，在某一天吃坏了肚子，病倒了，站不起来，连叫一声的力气都没有。他无法像正常人那样，带着他的爱犬，到宠物医院里就诊，但又不忍心，看它一日日被病痛折磨，消瘦下去。他想要给它买干净的食物吃，并认定不远处的面包店里，有他的狗狗喜欢吃的喷香卫生的香肠面包。可是，他没有钱，无法天天买到狗狗爱吃的食物；而跪在路边乞讨，又几乎不会被人注意。

为了狗狗可以尽快地好起来，他终于想出一条妙计。他在车水马龙的公路上，躺倒在车辆必经的路口，任人如何拉他、骂他、劝他，都不起来。除非，车的主人，可以给他钱。不论多少，都可以，只要给，他就会开心地放行。

他这样扰乱正常的交通秩序，当然不会长久。第二天，便有人将电话打到交通部门，请他们给予阻止。同时来的，还有不放过一切热闹的媒体记者。

我是下班后，在地方台的频道上，看到记者通过镜头记录下的这一切的。彼时，记者将话筒对着躺在地上的他，问他为何不肯起来。他沉默不语，不肯配合记者的提问，直到有附近熟悉他的居民，让记者给他一元钱，他才恢复小孩子的天性，笑嘻嘻地跳起来，奔向他的狗狗。

记者又问，愿不愿意把他的狗狗送人，跟他们到福利院去？他听了，即刻恐慌地抱住他的狗狗，连连地摇头，又轻声却坚决地吐出一个“不”字。但摄影的记者显然不愿意放弃这样生动的素材，频频地将镜头对准他无助的双眼、孤单的后背、与狗狗的相依相偎、喂食狗狗香肠面包时的快乐，以及外人对他同情的注视、看客眼中的好奇、他低头数钱时的喜悦、他对除狗狗与钱以外世界的淡漠。

而我，则在这样带了猎奇与八卦意味的注视中，觉出了一种以善良的名义，给弱者所带来的撕裂般的疼痛。

那个地方栏目的主持人，向来擅长用方言讲述家长里短和马路新闻，并以这样琐碎八卦的话题，作为增加收视率的噱头。他在饶有兴趣地讲完这段最终也没有结果的新闻后，习惯性地说：希望会有好心人收养这个孩子。可是，他不知道，这样的希望，自他的口中说出，是多么虚弱无力。而且，我看不出，他的这个采访，除了给饭桌前的人增加新奇的谈资，还能否予人更多的启发和同情。而访谈结束，电视关闭，那个为了给狗狗买香肠面包吃而乞讨的孩子，他照例在他的生活里，没有丝毫的改变。那一次镜头的聚焦，给予他的，除了躲避与惶恐，并没有更多的意义。

我们以善良的名义，探过去的视线与镜头，它们骄傲地俯视下去，以为会照亮那阴暗里的花朵，却是因为如此强烈刺眼的光线，而让那柔弱敏感的花瓣，愈加脆弱不堪。

而世间哪怕最卑微的生命，它可以忍受忽略、忘记、击打，却唯独不能够，被如此傲慢冷漠的善良，尖锐地刺痛。

尘世中你是谁眼中的风景

常常在路上，遇到许多与人有关的风景。

阳光很好的冬日，会看到小区的花园里，有坐在轮椅上的老人，他们被各自的保姆推出来，在温暖的午后晒太阳。他们中的大多数，都已经老得无法言语，或者近乎呆滞。时光在他们身上，像是停止住了。他们在各自的时代里，冥想，或者沉思，不理会外界的纷扰。就像，他们在农村来的几个保姆的谈笑里，视线依然空茫又缥缈，看着那不可知的远方，连落在身边温情脉脉的阳光，都可以忽略。

而他们打扮朴实的保姆们，则生机勃勃地拉着家常，时不时地，过去帮他们整整衣领，又像对待自己的孩子一样，夸着他们乖、肯吃饭。他们与保姆之间，几乎没有交流，偶尔几句，也是保姆们哄小孩一样自言自语。

我每次经过，总喜欢看他们在那里微闭着眼睛，神情呆滞地晒着太阳；喜欢看那些嗓门粗犷的农村保姆们，坐在他们对面，谈天说地。这些老人年轻的时候，或许彼此都曾经熟识，在这样好的天气里，也会下楼来，聊聊工作和有关儿女的烦恼，憧憬着儿女长大之后，安享晚年的幸福。可是而今，他们在如此适宜散步遛狗的冬日里，却是因为不可逆转的衰颓，而无法走动，亦无法言语，甚至，连在对面轮椅上，当年把酒话家常的老相识，都不能够再认出。

与这样的风景形成鲜明对比的，是每天早晚背着书包上学放学的小孩子。我喜欢跟在他们身后，看他们昂首挺胸地，在晴朗的天气里走路。有时候他们三三两两，有时候他们孤单一人，有时候他们排成长队唱着儿歌，也有时候，他们牵着父母的手。

我对于这样朝气蓬勃的一群，总是充满感激。感激他们让我想起我曾有过的童年——寂寞的、纯真的、美好的童年。我曾在一次下班的路上，碰到小区里一个背着大大的书包、趿拉着拖鞋、低头沉默不语又倔强走路的小男孩。我在他的身后，跟了许久，他都没有回头看我一眼。我与他开玩笑，在他身后嬉笑着喊："嗨，小孩，你叫什么名字，几岁啦？"我以为他至少会停下来，白我一眼，可是没有，他依然悄无声息地走着，像一个成熟的思考者。

这是一个少言寡语的小胖孩，或许刚刚在幼儿园里遭受了老师的训斥，或许他的家里有不和谐的音符。总之，这个冬日寒冷的黄昏，他没有父母接送，没有爷爷奶奶迎接，他的落寞，犹如傍晚最后一缕的阳光，或者风中飘摇的一片树叶。路人往往只拉紧着衣领急行，根本无暇关注到他的失落。那一刻，他是一个被世界遗忘的小人儿。而我，只不过，是恰好窥见了一个小孩子脆弱无助的内心。

我还记得，在小区旁边的自助店里，我见过一个打扮光鲜的女子，她面无表情地夹了一些菜后，让忙碌的服务生帮忙给她端一杯果汁到餐桌上去。服务生繁忙之中，抬头冲她抱歉地一笑，说："这是自助餐，请您稍后自己来取好吗？我们将会有更新鲜的果汁为顾客提供。"

换作别人，定会谅解此刻忙得分不开身的服务生，况且，自助店里，当然以自理为主。可是这个女子，却突然将手中的东西，狠狠摔在地上，而后厉声喊叫："不吃了，退钱！"那一刻，所有人的眼光，都集中在她的身上。

她怒气冲冲地转身去收银台，顺便，又带倒了几张无辜的椅子。

没有人知道这个女子的怨气究竟从何而来。我们看到的，只是一个言行失控的女子，一个浓妆艳抹却掩不住愤怒与焦躁的职场白领，一个因服务生的一点儿服务不周便意欲投诉的“上帝”，一个在享受美食的时候依然一脸晦暗的中年女子，或者，是一幅色彩混乱、人物突兀的风景画。

而我们每一个人，也都曾这样，被人当作风景，远远欣赏或者审视着吧。当我们看到一个人失魂落魄的背影，当我们窥见一个人容颜苍老后的悲喜，当我们看到一群人狂欢背后的孤单，当我们在拐角处偶遇一个人隐匿的哭泣，或许，那一刻，也正有人这样经过我们，并窥见我们不肯示人的忧伤、疼痛，或者，故意炫耀的欣喜、荣光。

尘世之中，不长不短的这一程路，你究竟，想要成为怎样的风景？

一抹忧伤抵达的月光

我是在一个寂静秋天的夜晚，关了灯，从客厅到卧室的一小段距离，突然发现了很多年前，乡下的那抹月光。

其实，那月光，在我的卧室里，已经流溢了许久。只是我一直以为，那是对面高楼上，某个人家定时开关的白炽灯，投射到阳台上，又透过一扇门，照亮了床前安静憩息的一双鞋子。是我无意中去阳台上看我种下的雏菊，有没有悄无声息地背着我，在夜色里偷偷绽放，一抬头，便看到了飘在两座高楼之间，那一轮温润迷人的月亮。

我这才注意到，自己踩着的那片清亮温柔的光，原来是许多年前，我在乡下迷恋不舍的月光。想要关闭阳台门的手，就这样倏地停住。我在深秋夜晚伴着微弱虫鸣的凉风中，注视着那缓缓游动的月光，穿过阳台的绿纱，爬过雏菊含苞的花朵，游过雕花的窗棂，抚过卧室洁净的地毯、壁橱、床单、棉被，并最终，在一面宽大的落地镜前，好奇地停下。

我不知道如何才能一步就跨到床上去，从而将那片柔软透明的月光，完美地，留在绘有风情花朵的地毯上。最终，我选择脱掉鞋子，踮起脚，轻柔地，蹚过月光汇成的溪水。但我还是听到了水流的声音，看到溪水般明净清凉的月光，在我的脚踝处，一圈圈地荡漾开去。

我的记忆，在涉过那片月光，回身去看的那个瞬间，便逆流而上，回到了许多年前，我嬉戏玩耍的乡间的夜晚。

我记得，深秋的月光下，我穿着薄薄的小衫，奔跑在已经空旷的田地里，为将最后一车的玉米拉回家去晾晒的父母，加油鼓劲。我当然是什么忙也帮不上的，甚至连玉米，也剥不了几个，便在月亮安静注视下的玉米堆上，呼呼地睡去。每每都是母亲，喊我的乳名，让我起来喝熬好的玉米粥，我才揉一揉惺忪的睡眼，眯眼看一看梧桐树上，吊着的那一轮饱满莹润的月亮，听一听角落里蟋蟀的鸣叫，这才哼哼唧唧地，在母亲不耐烦的训斥里，踩着被露水打湿的玉米，高一脚低一脚地，去吃因为困倦而忘记了滋味的粥饭。

乡下的月光，是有着轻盈的翅膀的，它从高高的烟囱，飘到青灰的瓦上，又落在静默的灶台上，而后融入薄如蝉翼的霜中。它还有清冷的声音，细碎的，窃窃私语的，微凉的，似夜里母亲哄孩子睡觉的小曲，或者路上夜行人清晰短促的呼吸，再或影院散场之后，杂沓寂寞的脚步声。而月光的味道呢，当然是一盏茉莉茶的浅香，或者晚间青草的香气，细细地，一丝一缕地，经由那天地间安静的生命，传递出来。

而今，我在蒸笼般喧嚣巨大的城市里，已经很多年，忆不起这乡下的月光。我一直以为，乡下的月光，它永远穿不透幽深的地铁，越不过林立的高楼，飞不进拥挤的公交，跨不进逼仄的楼道，更融不进日日奔波在路上、无暇抬头看天的城市人的心中。我从跨入城市、立志在城市扎根的那天起，就不再有抬头看天上星辰的习惯。我要飞速地向前冲啊，我要赶上那些有房有车的人，我要为提职加薪而埋头苦干，我要将别人头上的光彩争抢到自己的身边。况且，当我在下班后的路上，为沙丁鱼罐头般的车上一个歇脚的位置，而眼神尖锐、神经紧张的时候，我怎么可能透过窗户，看一眼被蛛网般密集的线路笼罩住的天空，并确认，霓虹闪烁处，究竟有没有一片光亮，是来自静谧的月光？

我将遗忘掉月光的缘由，推给了给我金钱亦给我巨大压力的城市。我认定，月光不会光顾这片繁华魅惑的地方。我一心想着挣到足够的钱，而后去山水间找寻心灵的宁静，却唯独忘了，如水的月光，它也必如潺潺的溪水一样，可以毫无阻碍地，穿越山石、丛林、灌木、原野、峻岭。当它抵达拥塞的城市，并没有因此而有丝毫的吝啬，照例将那清冷的光，蒲公英般，温柔地，洒入每一个角落。它藏在公交车飞旋的轮上，落在地铁出口处湿滑的台阶上，隐在下班后窗台上那盆无人照管的水竹的叶间，停在一只流浪狗孤单的眼睛里，亦流进我入梦后安静的枕边。

只是，我的眼睛与心灵，不是被喧哗的灯光充塞，就是被俗世的物质占满，唯独忘记了，关上白亮的灯，祛除心灵的负累，在某个夜晚，倚在床头，看一看，那悄悄潜入卧室的月光。

这样的月光，它从经年的隧道中穿梭而至，抵达我心中的时候，并没有忘记，给我一抹年少时在田野中奔跑绊倒过的一株玉米的忧伤。

风穿过风

天一黑下来，风就被关在了房间之外。

我在窗前的灯下，无休无止地做着模拟试卷。我不知道，人一天天长大，为什么也要进行一场场考试，但我明白，这一场场考试，可以将我送往大学。想到这一点，我便将心继续沉入试卷中。窗外的世界，也慢慢浸入湖水一样的安静里，于是风的声音，便越发清晰起来。

风从一条巷子，穿入另一条巷子，犹如一条冷飕飕的蛇。巷子里黑漆漆的，但风不需要眼睛，就能准确地从这家门洞里进去，越过低矮的土墙，再进入另外一户人家的窗户。巷子是瘦长的，门是紧闭的，窗户也关得严严的，风于是只能孤单地在黑夜里穿行，掀掀这家的锅盖，翻翻那家的鸡窝。躺在床上尚未睡着的人，便会听到院子里偶尔一声奇怪的声响，像是有人翻墙而入。但随即那声响便消失不见，人等了好久，只听见风在庭院里穿梭来往，将玉米秸吹得扑簌簌响，也便放下心来，拉过被子蒙在头上，呼呼睡去。

当整个村庄的人都睡了，风还在大街小巷上游荡。那时候的风，一定是孤独的。从巷子里钻出的风，遇到从大道上来的风，它们会不会说些什么呢？聊一聊它们曾经进入的某一户人家里，男人女人在暗夜中发生的争吵，或者老人的咳嗽声与孩子低低的哭泣？还有一条瘦弱的老狗，蜷缩在门口的水泥地上，有气无力地喘息？

夜晚的风一定比白天的风更为孤独。它们不再愤怒地撕扯什么，因为没有人会关注这样的表演。于是，它们便成了游走在村庄夜色中的梦游者，被梦境牵引着，沿着村庄的街巷游走。

我终于在昏黄的灯下，做完了试卷。那时，所有的星星都隐匿了，夜空中只有一轮被风吹瘦了的月亮，悬挂在村庄的上空，好像瞌睡人的眼睛。月亮看到了什么呢？它一定洞穿了整个村庄的秘密。它在高高的夜空中，被风一直吹着，会不会觉得冷呢？

我上床前，猫在院子的一角最后一次解手，风从后背冷飕飕地爬上来，并一次次掀动着我的衣领。我的影子被窗口射出的灯光拉得很长，长到快要落进鸡窝里去了。我怯怯地看着那团灰黑的影子，在地上飘来荡去，觉得它好像从我的身体里分离出来，变成黑暗中一个恐怖的鬼魂。风很合时宜地发出一阵阵诡异的呼啸声，树叶也在扑簌簌地响着。忽然间，一只鸡惊叫起来，一个黑影倏然从鸡窝旁逃窜。那是一只夜半觅食的黄鼠狼，它大约被我给吓住了，很快消失在黑暗之中，只剩下同样受了惊吓的一窝鸡，蹲在架子上瑟瑟发抖。我的心咚咚跳着，趿拉着鞋子，迅速地闪进门里，并将黑暗中的一切，都用插销紧紧地插在了门外。

我浑身起了鸡皮疙瘩，也不知是吓得，还是冻得。我很快钻入了被窝，而后蒙了头，闭眼睡去。

窗外的风，正越过辽阔的漆黑的大地，包围了整个村庄。

疼痛烙印

村子里没挨过爹妈揍的孩子，基本上不存在。

大约每天都有一个小孩，被摁倒在床沿上，或者凳子上，再或者是泥地上，重重地挨上一顿打。

我一直觉得父亲的大手练过铁砂掌，一个巴掌劈过来，能把我打晕过去。所以，我轻易不敢惹怒他，怕他气急了，铁砂掌打不过瘾，转身抄起家里的任何一个物件，劈头盖脸地就朝我打过来。我人小体弱，又是需要靠脸皮生活的女孩子，跑不过父亲，又无法瞬间熄灭他内心的火焰，所以最好的办法，自然是将父亲揍我的欲望降低到安全值以内。

不过，后院郑大家传出小孩子哀号声的频率，比我们家的频率要高得多。当然，他们家 5 个孩子，也够郑大忙活的。郑大的儿子郑小印是全家的宝贝，他舍不得打，所以郑小印的 4 个姐姐就成了可怜的替罪羊。但凡郑大不高兴了，或者喝了点儿小酒想耍耍酒疯，都能构成郑大揍孩子的理由，然后他便把 4 个女儿随便抓一个来。

几乎是每隔几天，我就会听到郑大家里有小孩子鬼哭狼嚎，要么求饶，要么誓死不肯承认做了坏事。我都习惯了趴在桌子上写作业时，听到郑家那几个女儿号哭的声音，要是有两天没听到，我还会担心：她们生病了吗？出门走亲戚被坏人给捉去了吗？为什么一点儿声息也没有？胡思乱想上好一阵子，直到后院又响起熟悉的争吵声，我才放下心来，开心地去写自己的作业。

即便是郑大家里安静几天，周围有孩子的人家，也总是有那么一两户，接替郑大来惩罚自己家的孩子。有时候，大人们心烦，看小孩子不顺眼，一句话不投机，就会把孩子拉过来往屁股上打上几鞋底，可怜那孩子还不知道缘由。

母亲很少打我和姐姐、弟弟，但父亲从来都不手软。母亲每次跟我们控诉父亲，都会提及一件事：那时，我一岁，有一次他们俩吵架，我在一旁吓得哇哇大哭，干扰了他们吵架的情绪，父亲把我抱起来就丢到外面的瓢泼大雨里去了。这件事并没有涉及父亲的铁砂掌，对我来说，完全是记忆之外的事情。我最怕的，还是父亲那双常年劳作、铁板一样又硬又吓人的手掌。我觉得，那跟郑大手里的鞭子一样，能一下子将我们三个打得屁滚尿流。很多时候，父亲的巴掌还没有打下来，我远远看见他那阎王一样愤怒的脸，就吓得尿了裤子——这不比郑大的女儿被捆在树上“光荣”多少。好在父亲打我都是关起门来，不让外人看到，我也就没有像郑大女儿那样，在被打时因为丢了面子，而用越发凶恶的面容对待看热闹的人。

大多数时候，父亲无须动用巴掌就能将我完全镇住，他只要一瞪眼，我就吓得浑身直打哆嗦，乖乖站在原地，应承下父亲一切合理或不合理的要求。哭也是不敢的，父亲一声怒喝，我的眼泪马上就缩了回去。他若是动用了巴掌，我的脸上会火辣辣地疼，人被打晕了，都不知道父亲在训斥我什么，只昏头昏脑地听着，像一只可怜的小绵羊。不过，巴掌也不是父亲常常使用的武器，作为村里有名的编筐能手，那一根根长长的柳条子，就是父亲惩罚我们三个的有力武器。他只需转身抽出一根来，我们就吓破了胆，除了拼命奔跑，想不出还有什么办法能逃避这可以让我们屁股开花、脸上毁容的利器。

这时候，常常是父亲在后面追我，我则“啊啊”地哭叫着夺路而逃，常常就跟邻居家的胖婶撞个满怀，她很勇敢地用城墙般的身体将父亲挡住，然后，我便趁机一溜烟跑得没了踪影。

只是，跑出去容易，回家却难——不知道什么时候父亲会消了气，将那柳条子给扔了，且忙得再也想不起来。我战战兢兢地去找伙伴，让她们陪饿极了的我吃一顿野餐。野餐挺丰富的，比母亲做的饭好吃多了。我们会烤地瓜吃，在沙地上扒拉个坑，架起几根小棍子，将地瓜放在上面烤；或者用同样的方法烤玉米、烧豆子吃。总之，别人家的田地里应有尽有，填饱肚子是一件特别容易的事。只是，肚子填饱了，一脸泥灰的我又开始担心起回家后挨揍的事。好在有伙伴在，她们给我壮胆，我去河边洗干净脸，涮掉脚丫子上的沙子，这才惴惴不安地带着两个“保镖”，踏上回家的路。当然，在外面耽搁的时间不会太长，我看着太阳在地上落下的影子，就知道大致的钟点，让母亲不至于因为我不回家吃饭而喊遍整个村子，并因此再一次将父亲惹怒，进门又补上我一顿柳条子。

常常快进家门的时候，我不自觉地就沿着墙根走。两个小伙伴给我壮胆，小声唱着歌，好像什么也没有发生过一样。但我知道，她们的心跟我一样是悬着的，总怕父亲打我的时候，那柳条子忽然没长眼睛，一下子甩到她们脸上。其中一个小伙伴还要负责帮我解释晚归的原因，因此心里更是七上八下的，担心出了纰漏。三个人刚刚走进胡同，就见父亲正在门口用斧子劈柴，一斧子劈下去，碎屑四溅，让人忍不住微闭上眼睛。我低着头，没敢跟父亲打招呼，试图绕过他，一步跨进院子里去。父亲却在我溜进门的那一刻，厉声将我叫住：“回来！”我吓得快要尿裤子了，回头看见父亲指着两个小板凳，道：“将板凳捎回屋里去，给你同学坐！”

我终于长长地舒了一口气，抄起板凳便蹑手蹑脚地溜回了房间。而我的伙伴们，在完成“护花使者”的任务之后，见我基本上脱离了危险，这才专门给父亲道一声“再见”，飞跑出去。

我知道，她们在外面肯定会议论我那脸色铁青、不近人情的父亲，还会拿来跟自己家的爹爹比较，但比较来比较去，估计会觉得“天下爹爹一般黑”吧。因为，一年到头，我们互相当“陪审员”的次数大致是均等的，谁也不会少挨两下柳条子，谁也不会被心情坏到大声争吵的爹妈像珍珠一样格外呵护着不磕不碰。

所以，乡下的孩子都是皮实的，不倒翁一般，踢上两脚，骂上两声，饿上一天，第二天起床，照旧是喜气洋洋。

哪个孩子有了出息，大人们最爱回忆的，是某年某月，这孩子曾经当街站着，被爹妈给踹了几脚，或者扇了几个耳光，甚至被追赶着跑遍整个村子，最后到底还是被抓住了，押回家去，摁在天井里暴打一顿。大人们还会啧啧称赞孩子爹妈——多亏当初又打又骂，这才压住这孩子贪玩的心，让他能像今日这般出人头地。

那被夸的孩子讪讪一笑，红了脸，好像当年被一巴掌打过后留下的印痕。他当然不会告诉任何人，这么多年在外闯荡，隐忍不发、沉默寡言，全是那时人前被打烙下的印记。就像而今的我，离乡千里，不管人生怎样顺畅通达，总有一抹挥之不去的孤独感萦绕在心，拿什么刀子都刮不掉，它像强大的根茎一样，长进了我的肉里。

那是一个孩子被人群围观殴打时，最深刻的无助与恐慌。只是，我的父母和乡亲们，从来都不知晓。